T0088943

migrations
le rapport Alpha

Du même auteur

Affaires vous concernant, P.O.L., Paris, 1975
Itinerrances, roman, Eddif, Casablanca, 1994
L'ombre et autres balivernes, L'Harmattan, Paris, 1995
Traversées, L'Harmattan, Paris, 1996
Pièces claires, L'Harmattan, Paris, 1997
Pièces Fauves, L'Harmattan, Paris, 1998
La corde d'Anamer, nouvelles, Traces du Présent, Marrakech, 1999
La pluie sur Aveiro, nouvelles, L'Harmattan, Paris, 2001
Le plumier, roman, Tarik éditions, Casablanca, 2004
Tunis – Goulette – Marsa, Al Manar, 2006

En couverture : *Melilla*, photographie de Markus Kirchgessner
Conception graphique : Simona Saponaro

© Senso Unico Editions, 2008
1, boulevard Farhat Hachad, Mohammedia, Maroc
senso.unico@menara.ma

Tous droits réservés. Cette publication ne peut être reproduite entièrement ou en partie, sous quelque forme que ce soit, sans l'accord préalable de l'Editeur.

Dépôt légal n° 2007/3202
ISBN : 9954-494-05-7

Henri Michel Boccara

migrations
le rapport Alpha

Le lien

Senso Unico Éditions

Préface

De ce livre s'élève un chœur de voix. Voix de personnes qui migrent d'un lieu à l'autre, en fuite d'une situation dramatique, à la recherche de travail, ou sur le chemin d'un impossibile retour. Dire chœur de voix ne signifie pas synchronie de destins et de paroles, ou harmonie de fond. Ici, la métaphore musicale, quasi géométrique et minimale, rappelle plutôt une partition dodécaphonique où, sur une scène aux tonalités âpres et obscures, en des lieux et époques différents, chaque voix est seule, inéluctablement seule, même lorsqu'elle côtoie d'autres voix. Ces voix nous livrent des messages fragmentés, des bribes d'existence. Leur parcours aboutit parfois à une vie meilleure, parfois encore il ressemble à un bulletin de guerre, la guerre pour l'existence du corps migrant. Leur destin passe par des épreuves, des sacrifices, des séparations. Et quand il subit injustice et violence, il est entouré de silence.

Collage de courts monologues et de scènes intercalées, ce texte – de premier abord obscur tant les voix, les lieux et les époques sont différentes – pivote autour d'un personnage qui, à mesure qu'on avance, fournit la clé du récit. En crise existentielle, sollicité par des ombres fugaces du passé, Alpha, journaliste et " homme de plume " débarqué à Tanger, prend des notes sur des petits cahiers. Mais, à un certain moment, tout se confond et se mélange. Au lieu d'écrire un article documentaire " à succès ", il s'égare à la poursuite de ses inquiétudes, des fantasmes qui envahissent ses notes et son esprit. Pourquoi, en voulant témoigner sur le destin des migrants – les parias de notre époque – fait-il revivre l'ombre d'un chasseur préhistorique ou celle d'une lointaine exilée ? Est-il un migrant lui-même, un rescapé de notre civilisation ? Fantasmes et migrants lui renvoient-ils l'image de sa propre errance ? Ou encore, cherche-t-il à composer les fragments d'un puzzle, celui de la mémoire de l'Histoire des migrations ? Ces questions sont au cœur du texte. La fin tragique d'Alpha plus qu'une réponse en sera la métaphore. La disparition du Témoin, celui qui avait essayé de voir et de comprendre. Peut-être aussi de se connaître.

C'est avec une écriture ferme qu'Henri Michel Boccara tisse ce labyrinthe de voix. Le minimalisme de la structure et le soliloque du protagoniste nous aident à ne pas nous perdre. Fragmentation et déconstruction sont à la mesure du thème évoqué. Un choix stylistique bien calibré. Nous avançons nous-mêmes tel un migrant parmi des ombres. À la fin – et pour cause – l'ombre la plus inquiétante, jetée comme un manteau de silence, appartient à celui qui veut effacer tout témoignage. Pour le policier, bureaucrate et agent des Services qui compile, en conclusion du texte, le dossier, tout doit rentrer dans l'ordre. L'ordre de l'Histoire aveugle. Le destin anti-héroïque d'Alpha, qui équivaut à un non-lieu, doit-il être interprété comme un constat de faillite ? À bien y regarder, non. Car, en fin de compte, Alpha a rempli sa mission. En choisissant la formule de l'écrit dans l'écrit (un écrivain met en scène les carnets d'un journaliste qui met en scène ses personnages), Boccara lui a donné vie dans la mort. Le message d'Alpha ne peut être effacé.

Ayant connu Henri Michel Boccara à Marrakech dans les années 60/70 – années encore bénies par la foi en un monde plus juste et fraternel – je reconnais dans son texte l'angoisse qui nous prend aujourd'hui à la gorge… Non, le monde n'est pas (encore) plus juste. Mais comment le dire, comment l'écrire ? Avec en arrière-plan une région de frontière qui se prête bien à son enquête et à son questionnement existentiel, Boccara esquisse une dramaturgie de l'errance. Sous un style apparemment " clinique " et détaché, couve une passion humaniste. Vibre une pensée fraternelle. L'écriture qui change de registre en fonction du monologue et du personnage, rend vraisemblable l'inquiète évocation de son existence. Pour capter le délire caché au cœur du drame qui se joue, Boccara jongle par moments avec une prose/poésie toute en abyme et symboles. Mais la structure de l'œuvre et le regard caustique, avec lequel il maintient la juste distance entre émotions et personnages, le reconduisent aussitôt à la rigoureuse logique du texte. Alors la narration guide l'écriture et le livre boucle son cercle dans l'équilibre littéraire bien judicieux de sa métaphore.

Toni Maraini
Rome, octobre 2007

7

Pour Tom,
qui sait si bien allier
la grâce et l'équilibre

Delta

Voilà, je savais ça déjà, je le savais de savoir ancien. Le poids en moins, je le devinais avant même de me lever, de sortir de ma mort.
Je le savais de jambes et d'épaules, et l'absence de la douleur, là où ça saignait encore.

Je connaissais la voix aussi
sans remuer langue ni bouche,
langue morte qui parlait et parlait alors que je n'étais plus là,
je veux dire pas encore là,
langue rêche, de buvard, froissée de soie.
Quelle langue était-ce ? La mienne peut-être.
Parleuse en tout cas, sans souci d'être écoutée...

La plage était proche avec sa mer qui allait et venait, et le sable blessé ici, avec toutes ces choses éparses, la barque fracassée, les morceaux de bois, les morceaux d'hommes, les menus objets...

Plus loin, ourlant la berge,
les premiers tamaris et le vent par-dessus,
ils ondulaient sous le vent humide,
ils tremblaient dans le matin froid.

C'est en les voyant que j'ai senti mon propre frisson, le premier, celui qui n'allait jamais me quitter. Ce tremblement-là, je l'ai appris entre mer et forêt.

Je le savais lui aussi, de vérité ancienne, mais je l'ai retrouvé,
il m'attendait inopportun et encombrant.
Tout de suite, il avait débarqué,

il s'installait, prenait ses aises,
comme un vieux compagnon.
Il tremblait en moi, de froid, de peur, mais aussi de mort incomplète.

Les arbustes s'étaient mis à courir ou alors moi, et c'était des arbres maintenant. Fatigue !

Un son est venu à ma rencontre,
un mot,
Idder,
Idder a dit la bouche absente.
Je me suis assis pour entendre cette voix.
Paroles petites, égrainées, comme sorties d'un chapelet.
Les mots racontaient, ils disaient l'autre versant,
celui du Midi,

La grande marche jusqu'ici depuis les hauts plateaux pleins d'herbe et de moutons, les villes aussi, et l'enfant avec, dans ses écoles et ses rues et ses places grandes ou petites, ensuite la route et la route encore, et quelques chiens errants dans les plastiques des terrains abandonnés et d'autres villes encore...
Mais ce n'était pas la peine de l'écouter, la voix, pas même de l'entendre, elle n'était pas là pour ça, elle n'était pas là pour moi.

Au milieu du parcours, elle disait
« Au milieu du chemin, l'enfant, lui, l'autre... »
Et puis la voix s'est tue comme épuisée

L'arbre était grand au-dessus de moi avec son gros tronc de certitude, il n'était pas seul, c'était une foule d'arbres bien convaincus d'eux-mêmes qui s'imposaient, masquant le jour naissant. J'étais à leur pied, pas grand-chose, tout juste un petit mort avec tant de choses à faire, tache blanche dans le sombre...
« Au milieu » oui, au milieu de quoi ? Mais encore dans un commencement de route.
Je me suis levé et j'ai cherché la route, elle devait être derrière ou devant, bien droite, comme il se doit pour ces chemins, en attente ou en

souvenir, qui sait ? Un ruban bleu bien tendu, avec de part et d'autre, pointillées, ses hésitations entre terre et pierre.

Et bien non, la route promise n'était plus là, évanouie, disparue dans les brumes qui s'étiraient par delà les grands gestes des arbres.

S'ouvrir une brèche dans cette brousse ?
J'avais beau les écarquiller, mes cavités,
je n'y voyais plus grand chose maintenant,
de vieux troncs effondrés,
des roches,
des trous,
un bon gros trou en moi et un autre creusant la terre.

Il fallait bien pourtant le retrouver ce chemin-là, cette route si fermement prescrite…

En sortir, s'élever ! Sûr que de là-haut… Le désir et rien d'autre, clapotant dans la gadoue, tout englué de limon bien poisseux et collant. Le désir !

La voix a murmuré Essaye, essaye toujours.
Je me suis élevé, délivré va savoir comment,
détaché dans un bruit obscène de succion.
J'ai pris un peu de hauteur…

Enfin, un peu de hauteur m'a pris. Quelques branches ont cassé sec sur mon passage. Les troncs se sont écartés gentiment.

J'avais un doigt levé, en majesté, une de mes jambes rebiquait sous ma tunique et il y avait dans tout mon corps ce grand vieux sourire que je croyais perdu.

Il fallait voir ça ! C'était pas une affaire pourtant, l'image était floue, délavée et mes yeux encombrés de boue ne vous aidaient pas.

Fallait voir ça !

Dans la déclivité complexe des buissons avec ou sans épines, des ornières, des roches qui montraient un front dénudé, dans toute cette trivialité primitive allaient des bêtes et des hommes glissant les uns par-dessus les autres dans un enchevêtrement de tous les âges. Ils étaient incomplets pour la plupart, ils semblaient l'être en tout cas, ne montrant que cette partie d'eux-mêmes qui permettait de les deviner… Mais peut-être que c'était mon regard encore malhabile qui les amputait, ces pauvres ? Peut-être qu'ils étaient, tout comme moi, entiers ou presque, définitifs ?

Je me suis élevé,
c'était plus facile
et lâché quelques chairs en route, ça aide…
Il y avait encore l'océan, lointain, et le rivage plus proche,
et la grande barque fracassée avait été gagnée par la mer qui était
montée de sa marée sournoise.
Elle la faisait aller et venir doucement comme pour la bercer avant de
la reprendre.
Et puis tout autour, des morceaux de tout et de pas grand-chose,
de fer, de bois ou de corde,
et de moi aussi,
mais déjà aussi lointain que les moutons et les herbes d'enfance.

Au loin tout était brume, il y avait du frisson.
La terre et les arbres en tremblaient au diapason de ce souffle.

Ma bonne jambe s'est mise à fuir et tout le reste avec. J'ai suivi. Par bonheur, ça s'amollissait. Quelques plumes tournoyaient par-ci par-là. Je me suis glissé entre les brumes effilochées.

Vers le bas, j'ai choisi une ornière,
elle m'accueillait,
elle m'était confortable.
Bonne arrivée.

Le sang coulait toujours, mais doucement, sans peine ni douleur aucune. J'ai reposé, enseveli enfin, c'était bien.
Ensuite le noir venait, secourable,
désiré en ce pays de nul désir.
Et la longue litanie d'une autre voix, la voix de la terre, du limon des
morts. Apaisement, je pouvais m'enfoncer en elle lentement
de pouce en pouce, sans heurt,

voix déroulée que je croyais de soie ou de chevelure.
Glissement, voyage nocturne, aisance et confort dans l'humide, ça
pourrait être long, ne plus finir, sans terme ni estuaire.
Rien pour mesurer, avancée élastique, souple, lisse, bonne.

Et de temps à autre, ce mot qui revenait, ce nom, le mien, Idder, comme pierre contre pierre, caillou d'oued. Le torrent murmurait encore quelques consonnes qui couraient et discouraient dans l'obscur, puis se figeaient, immobiles, dans la boue des rives.

Alpha

Voilà, ce doit être ici. Juste à l'aplomb, Sacré gouffre ! Foutue marmite ! Combien ? Vingt mille lieux ? Moins, sans doute, mais bien creux tout de même. Oui, par ici. En ce point petit sur la planète. Les eaux s'y rencontrent, s'y heurtent avant de se mêler : eaux de la grande mer océane et celles de la mer d'entre deux terres. Ça doit bien remuer là-dessus les jours de gros temps, là-dessous aussi d'ailleurs. Forcément, qu'il en tombe quelques-uns, alors. Combien y en a-t-il, à cette heure, de ces noyés clandestins partis sans visa vers les hauts fonds ? Cent mille ? Un million ? Une foule, tous enfin rendus, sédimentant doucement, défi- nitivement obscurs, ignorés.

Aujourd'hui, la mer est douce, la houle confortable, ample et régulière. Le ciel est gris d'acier, en attente, comme il sait l'être, à l'automne, en Méditerranée. Il n'y a personne sur le ponton. Juste deux amoureux assis sous les canots de sauvetage, une Espagnole et un Marocain. Ils sont très jeunes. Ils ont fui les salons et le regard des autres passagers. La rambarde fraîchement peinte est bonne à saisir, elle tient bien en main. Cette plage d'acier au-dessus des eaux est un bon poste d'observation qu'il ne quittera pas de toute la traversée. On y découvre tout, l'Afrique à la proue, l'Europe en poupe, les enfers au-dessous et une énorme part de lui-même, loin derrière. On peut, l'ivresse du vent aidant, y faire le point même sans boussole.

Oui, ce doit être précisément ici, à mi-chemin des deux continents. Si l'on savait y regarder, si l'on pouvait scruter par delà les corps anéantis et ballottés, par delà les drames, les apitoiements du vieux monde, les manchettes hypocrites des journaux, quelle somme considérable de désirs on découvrirait ? Quelle prodigieuse quantité de désirs ! Ce qu'il a fallu pour en arriver là, ce qu'il a fallu de convoitise, de frustrations, de violence ! Toute la soif de ces hommes jetée en pure perte, précipitée au fond de ces eaux. Si l'on y prenait garde, si la roue tournait, la force de tous ces désirs accumulés pourrait faire resurgir l'Atlantide.

Ici, en tout cas passe l'axe du monde. Aux pôles ? L'austral ? Le boréal ? Balivernes ! S'il y a un axe, c'est par ici qu'il passe. Ailleurs, il y en a peut-être d'autres, mais celui-là, c'en est un bon, un majeur, bien planté dans les abysses, et tout tourne autour, sans repos. Le mouvement entraîne de grands morceaux de continents, avec tous leurs hommes par-dessus.

On n'est pas les premiers, ça pivote depuis toujours. Peuples de la mer, Basques aux grosses têtes, Grecs, Phéniciens, Visigoths, Arabes, les uns venant s'y jeter du Nord au Sud les autres courant en sens inverse franchissant les déserts, les détroits, les Andalousies ou les Pyrénées...

Ça tourne en silence. Pourtant, ça devrait hurler. Il est incroyable qu'il y ait si peu de bruit autour de ce tourbillon. De temps à autre, il y a un cri, lorsque la machine en a écrasé d'un seul coup plusieurs centaines, que plusieurs centaines de ces corps en rotation sont venus se précipiter sur les écrans des télévisions à l'heure sacrée de l'affaissement vespéral ; oui, lorsqu'on en a découvert, en une nuit, huit cents de ces échoués, au lieu dit Lampedusa, qu'on en a surpris, ailleurs, un bon tas d'autres, le contenu de plusieurs grandes felouques, en train de pourrir sur les sables de Cadix, ou encore que l'on a appris, stupéfaits, qu'en ses improbables « enclaves de Sebta et Melilla », le monde blanc s'est trouvé soudain assailli par un bataillon de migrants terriblement noirs, menaçants et porteurs de redoutables échelles... Dans ce cas-là, il se fait sur les écrans quelques cris. Cela a-t-il un sens ? Ces cris sont si grotesques, si chargés d'hypocrisie qu'on en regrette le silence...

La rambarde est bonne sous la main. Il ne l'a pas lâchée. Il n'est toujours pas très stable sur ses pattes. Les médicaments qu'il continue de prendre doivent y être pour quelque chose. Largactil, cinquante gouttes, et la gélule bleue qui fait fuir les fantômes. La houle est de toute façon moins ample maintenant. On perçoit les vibrations des contre-hélices. L'Afrique est proche, on aperçoit ses villages blancs et ocre, les maisons basses sans terrasses et les minarets. Faudra-t-il se ruer avec la foule des passagers ?

Tanger. Terminus. Suivre le mouvement, participer à la révolution universelle. Le quai se rapproche. Descendre dans l'arène, comme on s'y est engagé. Débloquer son téléphone, ouvrir son agenda, circuler fébrile, de contact en contact, de rendez-vous en rendez-vous. Reprendre une fois de plus le collier. Fatigue !

Il n'en a aucune envie.

Je n'en ai aucune envie.

Aucune envie de suivre ce mouvement qui s'est amorcé avant même l'accostage. La jeune Espagnole et son amoureux sont déjà dans les coursives. Les touristes quatre quatre rugissent dans les soutes. Les migrants patentés : passeports irréprochables, verts et certifié, voire rouge CEE pour les plus chanceux, grimpent dans leurs Ford Transit aux galeries expansives surmontées d'énormes ballots de plastique bleu, fenêtres ornées de rideaux à pompons, protections diverses ballottant sur leurs pare-brise : chapelets, mains de Fatma ou CD coraniques.

Et moi dans tout ça ? Rêver d'une île où s'arrêter…

Il faut plonger. Je m'y suis engagé.

Je n'en ai aucune envie… Rendez-vous fixé de longue date. Informateurs, intermédiaires, passeurs…

Brave Adeline, comme elle fait bien son travail : toujours si bien mâché, bien ordonné et remis clé en main : contacts, agents officiels, officieux, indics, fusibles. Jamais en panne depuis trente ans, sur chaque reportage, de Bangkok à Mexico, ou ailleurs, jamais en reste, trouve toujours les langues prêtes à se délier… ! N'oubliez pas, en débarquant, de prévenir Hassan Dlimich. Il faudra prendre contact avec lui dès l'arrivée… S'en gardera bien !

Le navire est à quai maintenant. Un chapelet de pneus fixés par des cordes empêche le bateau de s'y cogner. Un mètre d'eau irisée de mazout clapote entre ses flancs et la paroi verticale. Tous les déchets du port s'y baignent, trognons, caisses, chats crevés. Tentation !

Il faudrait descendre. Les derniers passagers, les traînards, les vieilles dames que l'on pousse dans leur fauteuil roulant sont déjà sur la passerelle d'accès…

Un instant… et s'asseoir contre la rambarde, ici, sur le sol de métal riveté. Bien tranquille, avec mieux que le silence, juste le ronron-nement paisible des moteurs en bas régime. Adossé à la bouée, le chapeau bas pour se protéger du soleil. Comme ça, avec ses beaux habits, son imperméable mastic, coupé raglan, et sa grosse boucle de ceinture, ses belles chaussures peau de porc, comme ça, à demi couché, comme le dernier des hippies, fin hachiché avant même le débarquement !

Monsieur, Monsieur, on l'appelle. Please Sir, on a peur qu'il soit mort ou malade.

Monsieur !

Se lever… Ne vous en faites pas, dont worry. Juste sommeil. Bon ! Tout bien ! Pas fatigué !

Alcool ?

Non pas alcool, sorry, sorry, excusez.

On me laisse. Ils ne vont pas passer leur vie à s'occuper d'un bien portant. Un instant encore, regarder encore… En bas, quelques dockers qui jouent aux dames à même le sol quadrillé, vers le Sud la ville déjà toute proche, sans transition. Tanger est une ville immédiate, elle est tout de suite dans ses eaux avec ses cafés et ses kiosques à brochettes… Vers le Nord, plus rien, l'Espagne a disparu, elle n'est qu'à quatorze kilomètres. Elle pourrait être au bout du monde.

Un instant encore et voir un peu ce que c'est que de nous.

Stand by. Suspension. Et je suis quoi, alors, je suis qui ? Qu'est-il ? Grand reporter ! De quoi rire. Comme ça, l'on dit depuis quelques temps dans les rédactions. Se traduit sur la fiche de paye par quelque chose de plus substantiel que ce qui est échu au free-lance… Qu'est ce que je fais ici ? Venu, pourtant, en ce recoin du monde sur ma demande expresse. J'ai proposé, exigé cette enquête. La rédaction vite fléchie. N'attendaient que ça. Actualités dégoulinantes d'eau de mer. Une série de trois papiers, douze mille caractères. La migration, l'exil, ces clandestins au fond du détroit… Bénédiction du rédacteur. L'estime qu'il me porte. Suis le socle, le piédestal de cette rédaction. Les autres, du pipeau. Trop d'articles juste réactifs dont la maigreur est indigne de notre journal. Journalistes-robots qui, sur demande expresse, enverront quelques lignes, déjà écrites avant de l'être tant ces écritures sont de convenance… Renouer avec les grandes enquêtes. Prendre le fil en amont, branché sur le vivant. Oui, se tenir en amont du conjoncturel. Aller à l'être même, questionner les corps, aller à la source des sentiments et des pensées.

18

Voilà ce qu'il faudrait. L'homme migrant en ses replis...

Soudain surgit cet homme que nous avions vu dans sa caisse de verre au village de Quel village était-ce ? Sibalaum ? N'est-ce pas au Tyrol ? Tu t'en souviens ? C'était dans cette ville en miniature où tout était si propre, tellement autrichien et convenable. L'homme nu exposé à tous les regards, huit mille ans déjà, ça ne vous rajeunit pas ! N'était-ce pas, celui-là, le migrant primordial, l'un des tout premiers voyageurs d'outre frontière ? On l'avait retrouvé seul au fond d'une crevasse, près d'un col impossible... A suivre, à retrouver... Mais que vient-il faire, cet intrus, en cette enquête ? Peut-être, un jour ? Le retrouver, se perdre en lui... Plus tard ? Jamais ! Impossible de reculer, maintenant. La main du rédac-chef si chaleureuse, si impérieuse.

Parti le lendemain, sans tambour, sans trompettes, juste un coup de fil à la maison et, là-bas, la nouvelle de ce départ a dû être de rose et de miel, sachant ce que l'on sait et les divorces à venir. Non, impossible de reculer. On est rendu. A pied d'œuvre ! Il n'y a plus qu'à poursuivre. Mais, quoi ? Descendre, aller à la rencontre du premier informateur. Suivre le fil, trois jours, dix jours jusqu'à épuisement du sujet. Ensuite, une petite nuit pour rédiger, on y mettra, étant pro jusqu'au bout des ongles, le supplément d'âme qui plaît tant aux lecteurs. Pas la mer à boire ! On l'a déjà tant fait, partout, toujours, au milieu des bombes comme au cœur des déserts.

Aucune envie, le dégoût, la berlue et bien que le bateau soit définitive-ment immobilisé, le tournis qui revient.

Alors, il prend son agenda dans sa poche, son élégant téléphone portable. L'eau va et vient clapotante, accueillante, elle n'attend que son geste. Il jette les deux objets et c'est par un floc d'acquiescement que la mer répond à cette offrande.

YACHIR

Yachir dit. Yachir is my name. Sono venuto dalla Turchia. Mi sono imbarcato quattro giorni fa. Sœur Bénédicte dit. Yachir ! Yachir ti chiami ? Me, mi chiamano Benedetta, ma benedetta, non so se lo sono veramente… C'est parce que je ne suis pas bonne, me dit sœur Béatrice et que c'est le ciel qui m'envoie ses punitions. Là-bas, cette bête ne me quittait pas… La bestia, come un gatto immenso, tutto nero, tout noir, tu sais ? La bête s'était mise à tourner, elle ne voulait pas nous lâcher. Elle partait, elle revenait. La nuit, j'entendais son souffle derrière la porte et puis le bruit de ses griffes sur les vitres, sur la porte. Au matin, je voyais les traces de ses pattes sur la cendre. Quand les miliciens sont venus, c'était de la cendre et encore plus de cendre… C'était bien parce que je pouvais ramper dedans, on ne me voyait pas. Je rampais vers son corps à lui. Il était tout défait à cause de cette caisse qui avait explosé.

Yachir dit. Mon frère, lui, il était parti depuis dix ans. L'Allemagne, la France, l'Allemagne encore pour la paye meilleure. Depuis dix ans, il envoyait de l'argent. Western Union, ils prennent beaucoup mais l'argent arrive vite. Ma mère, elle ne peut plus se lever, il faut qu'elle se lève pour signer. Alors, on la porte, Mehmet et moi, on lui fait comme une petite chaise avec les mains et on la porte comme ça au bureau de poste. Tous les mois, elle signe et on lui donne l'argent. Mais maintenant, c'est compliqué parce que sa main est toute repliée comme ça et il faut tenir le stylo dans sa main pour la signature.

Sœur Bénédicte dit. Quand elle a explosé, la caisse, il est parti avec les morceaux de bois et il est retombé en tournant. Tu entends ça, il tournait dans l'air et il tombait. Après, ça a été le grand calme et la poussière comme de la craie. Un grand calme tout vide, rien qu'avec cette cendre qui coulait sur moi. Un grand silence et, après, ceux-là ont recommencé à tirer, ils ne savaient pas sur quoi ils tiraient ; ça frappait à droite à gauche et, de temps en temps, ça frappait sur mon frère et ça le faisait encore bouger. Ensuite, ils se sont arrêtés. Ils se sont dit que tout était fini et que c'était plus la peine de gaspiller les balles. Tout ça, tu vois, c'était la faute à la caisse.

Yachir dit. Quelle caisse ? Moi aussi j'avais ma caisse et je m'asseyais dessus pour qu'elle ne soit pas volée…

Sœur Bénédicte dit. C'était la caisse des explosifs. Devant l'église, il voulait l'enterrer, il avait fait le trou. L'église, ça faisait six ans qu'on l'avait abandonnée. Dans le Chouf, au Liban, sur les collines, tout était dessus-dessous depuis l'arrivée des miliciens. Un grand trou c'était, près de la tombe de Saint Damien… Après l'explosion, la cendre partout et je rampais dedans, je rampais, comme ça j'étais sûre que, de là haut, ils ne me voyaient pas…

Yachir dit. La caisse, je m'asseyais dessus. Sur le port, il n'y avait que des voleurs. J'attendais le passeur et le passeur, c'était un voleur lui aussi. Je l'avais traînée jusqu'ici depuis Diyarbakir, c'était pas pour qu'on me la vole. Il y avait un kiosque avec du café. Pour y aller, je marchais à reculons pour ne pas la perdre des yeux, ma caisse…

Sœur Bénédicte dit. Il fallait que je me dépêche, la nuit tombait et je voyais la bête qui allait et qui venait derrière les buissons.

Yachir dit. Quelle bête ?

Sœur Bénédicte dit. Elle tournait, elle aussi, autour de nous, le jour, la nuit tout près. Elle savait bien, elle ce qui se passait… mieux que moi. Moi, je ne savais rien, ils me le disaient tous, les autres, les frères : Toi, Bénédicte tu ne sais rien. Tu ne comprends rien. Je suis arrivée près du corps d'Elias… Je n'ai eu qu'à le pousser, c'était facile le trou était fait et la terre et la cendre l'ont vite recouvert.

Yachir dit. Après, ça a été vite, vite. Le bateau est arrivé et ils nous faisaient courir. Sur le quai on était déjà plus de vingt, et il en sortait de partout, deux camionnettes avec des gens de Bodrum, d'Ankara, de partout. Ils avaient tous payé depuis six jours, depuis cent jours. Comme moi, ils avaient attendu. Vite, vite, dépêche… et à grands coups, on nous faisait courir. Ceux-là qui nous avaient parlé doucement, quand rien

21

n'était décidé et rien payé, nous faisaient courir maintenant, ils avaient des bâtons. La caisse, il fallait la laisser. Pas de place, ils ont dit. Mais j'ai tout dedans, tout ce qui m'appartient ! Reste avec elle, si tu veux et ils frappaient. Celui qui ne monte pas tout de suite on le laisse à quai, qu'ils disaient…

Sœur Bénédicte dit. Tu es blessé, ton front, je vais te soigner…

Yachir dit. C'est rien.

Sœur Bénédicte dit. Après, longtemps après, on est venu me sortir de ce trou de cendre… C'est Boutros le copte qui est venu me prendre. Il était avec mes frères sur les montagnes, il connaissait bien Elias, il avait connu mon père quand tout était calme, quand le Liban était calme et le monde avec. L'injustice était partout, mais le monde était calme et ma tête aussi. Je me cramponnais à la cendre, mais la cendre ça tient si peu. Je ne voulais pas partir mais Boutros m'a arrachée. Ensuite, je ne sais plus, le temps a passé, on m'a envoyée ici, non, je crois pas… Non, c'était ailleurs, en Albanie ? En Italie, peut-être… La bête me suivait, elle me suivait partout. Ah, comme elle tournait la nuit autour de moi, ses yeux verts dans le noir, son odeur aussi.

Quelle bête ?, dit Yachir.

Celle qui est sortie des cendres quand mon frère Elias est mort, là-bas au Liban de Dieu et du diable… Ton front, Yachir, il ne te fait plus mal ? Ton front, pourquoi ?

Yachir dit. Le front, c'est l'un des passeurs, il voulait me tuer… Peur que je parle parce que j'avais élevé la voix sur le port, parce que je ne baissais pas les yeux devant lui. Ils n'étaient plus que deux avec nous dans la barque. Les trois autres étaient repartis dès qu'on est monté à bord, ils restaient avec l'argent près d'Antalya. Ceux-là nous surveillaient en manœuvrant, l'un en avant, l'autre à l'arrière de la barque. Ils avaient un gros gourdin. Quand on est arrivé, ils voulaient tous nous faire descendre et repartir. Mais on était encore loin du rivage, il y avait des enfants et ils se noyaient. Les vagues étaient fortes… J'ai dit au passeur Avance encore, avance jusqu'au bord…

Sœur Bénédicte dit. Le temps a passé, je sais maintenant, je me souviens… Est-ce que je ne te l'avais pas déjà dit ? D'abord, ils m'ont mise à Monte Cassino, il y avait un vieil hôpital, là-bas… Et je m'occupais de vous, je m'occupais de tes frères quand ils étaient malades… Il y en avait un qui était mort mais il continuait à me parler. Je le gardais bien serré entre mes bras et il parlait et il parlait… de son village de l'Atlas du Maroc avec ses moutons et ses amandiers, j'étais tellement bien quand il parlait…

Mais moi, je suis Turc, dit Yachir.

C'est pareil, Turcs, Tunisiens, Yougoslaves… Qu'est ce que ça pouvait faire ? Ils me parlaient, ils me caressaient avec leurs yeux. Leurs voix chantaient et je parlais aussi. J'aimais bien quand on parlait comme ça, j'oubliais pour un instant la bête. Je parlais comme ça vite et sans peur, jusqu'à ce que la mère supérieure vienne me crier dessus Sœur Bénédicte, cessez vos simagrées et vos folies, Sœur Bénédicte, vous n'avez pas encore nettoyé l'office.

GINO

Ma chère sœur,

Je ne sais pas quand cette lettre te rejoindra. Si ces mots sont mal formés c'est que je t'écris du train sur ma valise et c'est seulement à mon arrivée en France que je pourrais te l'expédier. Tous, vous êtes fâchés contre moi. Je le sais. Et moi, est ce que vous croyez que je ne suis pas fâché contre moi-même ? La mère, je sais qu'elle n'ose pas pleurer. Ce qu'elle fait maintenant, je vais vous le dire. Elle se tient devant la fenêtre, elle me maudit et mord son mouchoir. Mais je sais que c'est sa façon à elle de m'aimer. J'ai l'habitude. J'ai vu ça depuis mes premières bêtises. Qu'elle me maudisse alors du mieux qu'elle pourra ! Un jour peut-être, je lui dirai ou lui ferai quelque chose dont elle pourra être fière. Ceux qui sont partis n'ont droit qu'à votre mépris et Vittorino, notre cousin, autant que les autres. Lui, comme vous le savez, n'a pas cessé de me donner de ses nouvelles, par l'un ou l'autre de ces hommes que vous refusiez de voir quand ils étaient de retour à Malipensa. Il ne me disait que du bien de sa vie et de celle de nos frères. Il faisait parvenir un peu de son bel argent à ceux de sa famille que vous détestiez autant que tous ceux que vous appeliez lâches ou fuyards, comme s'il fallait à tout prix mourir de fatigue et de faim au milieu de nos champs pour être sûr d'avoir gardé son honneur. Cet argent, que ceux qui sont partis envoient, n'est, bien sûr, jamais bon pour ceux qui restent pour voir l'herbe sécher et les bêtes mourir. C'est même le poison qui divise nos familles et nos pays. Vittorino est bon et généreux. Il n'a jamais oublié l'un des nôtres dans ses saluts et il a pour ma mère plus d'affection que nous n'en avons nous-mêmes. Si, sur les sujets que tu connais, il pense différemment de mon père et de tes oncles, il s'est toujours gardé de le manifester avec arrogance. Nous l'avons toujours vu baiser la main du vieux et, lorsqu'il était devant ceux à qui il devait la préséance, sa voix était basse et ses yeux pleins de respect. Alors, chère sœur, écarte de toi les racontars, les médisances et tout ce que la perfidie a pu dicter aux jaloux qui vous entourent. Bien sûr, c'est lui qui va m'héberger les premiers temps. Il m'a envoyé par le chemin que vous savez un peu d'argent pour le billet de train. Ce n'est qu'un prêt et un prêt amical. Son seul intérêt est d'avoir avec lui un compatriote pour éponger sa peine ou partager ses joies.

Ma chère sœur, à toi je l'avoue, parce que pour d'autres je n'ai que les mensonges d'usage. Je vais aller dans ce nord de la France qui est la région la plus froide et la plus dure à nos corps de Siciliens. Je ne sais pas si les lendemains seront aussi beaux et blonds que le blé en moisson. Je sais faire la part des fanfaronnades des autres lorsqu'ils parlent de leur réussite. Ne sont-ils pas obligés de dire qu'ailleurs l'herbe est plus belle ? Quand même, ne pleurons pas avant l'heure. Il faut se réjouir au contraire. Il paraît qu'il y a, pour nous, de l'emploi à la mine. Nous devrons partager notre pain avec les Belges et les Polonais qui, comme nous, sont attirés par l'odeur du charbon car ce charbon, aussi noir soit-il, est du bel argent avec lequel je pourrai faire ce que je n'ai pas encore pu faire, être généreux avec vous, avec toi, ma sœur, avec ma mère qui me maudit autant qu'elle m'aime et même avec ceux que je ne connais pas encore mais qui me connaîtront bien mieux, dès qu'il y aurait intérêt à me connaître. Paix sur eux et Fortune aussi.

Les cahots du chemin de fer rendent ma tâche difficile, je te laisse donc en t'adressant, chère sœur, mes plus fraternels baisers. Tu as toujours été la plus habile à me défendre auprès des nôtres. Essaye donc de faire comprendre à mes frères bien-aimés, à mes oncles et surtout à notre mère, si douce et si amère, qu'il faut me pardonner ce départ silencieux. Ce n'est pas une désertion, au contraire. Je vais me battre pour moi mais pour eux plus encore.

Avec tout mon amour, ton Gino.

BADIS

Le long de cette route, il y a des maisons, elles sont blanches, avec juste la porte en bleu et quelquefois une fenêtre. Les portes et les fenêtres sont fermées. La route de terre passe au milieu. Il n'y a pas beaucoup de maisons, sept ou huit de l'autre côté, cinq de mon côté. De mon côté, mais plus loin, il y a une grande maison, mais elle est à l'écart du village, celle-là est en pierre, et elle est restée couleur pierre sans tout le blanc qu'ils mettent partout, elle a une grosse porte de bois au-dessus de quelques marches. Son toit est en tuiles, il est rouge avec une grande croix de fer au-dessus. Au bout du village, on voit aussi un grand mur blanc avec un trou qu'on a fermé avec une vitre. Une petite femme a été mise dedans comme une de ces poupées qu'on donne aux enfants. Cette petite femme est habillée de bleu. On lui a mis un cerceau doré sur la tête. Il y a des bougies allumées à ses pieds. Je l'ai bien regardée, ce doit être une de leurs saintes, une sorte de marabout, je crois. Je me suis assis au pied de ce mur, je voyais bien qu'il n'était à personne et que je n'allais pas déranger en m'asseyant à cet endroit. Mais un homme est passé, il m'a dit quelque chose en espagnol et il a fait un geste. J'ai compris qu'il fallait que je bouge. Il a fait un autre geste en montrant une maison basse de l'autre côté de la route. Alors, je me suis accroupi là, entre la porte et le pot de basilic qui marquait le coin de cette habitation. Le soleil me chauffait bien et j'ai fermé un peu les yeux. La fatigue est partie de mes épaules et de mes jambes, elle est restée dans mes reins, et elle va encore y rester un peu de temps. Je sais ça parce que le froid de l'eau s'est mis dans la profondeur de mes os et qu'il faut un bon tour de lune pour qu'elle s'en aille complètement. Je n'avais pas de montre, la mienne s'était cassée et je l'avais laissée marquer trois heures sous sa vitre fêlée. Mais l'ombre des maisons était devenue bien noire et les murs avaient perdu le rosé du petit matin. Il devait être six heures, ou un peu moins. Une camionnette Peugeot est passée en faisant beaucoup de poussière, puis elle a freiné au bout du village et elle est revenue en marche arrière. Elle s'est arrêtée juste devant moi. Un homme était au volant, un gros avec un visage bien rouge, presque noir même. Il portait une casquette avec des carreaux rouge et gris, des lunettes noires et un mégot collé à ses lèvres. Il ne m'a rien dit mais il m'a regardé, bien regardé. Il a même ouvert sa portière pour mieux me voir. Il a enlevé ses lunettes et il m'a regardé la tête et le corps et les jambes et les pieds, tout ça sans dire un mot. A la fin de son examen, il a frappé avec sa main contre la tôle de la portière. Et puis il a levé le pouce. Je n'ai pas compris ce que ça voulait dire, je ne suis pas très intelligent ou alors j'étais encore un peu dans mon demi-sommeil. Comme je ne bougeais pas, il a de nouveau claqué sa main sur la portière et la bague qu'il portait au doigt a fait, contre la voiture, un bruit très fort qui m'a fait sursauter. Il a levé encore son pouce en regardant l'arrière de la camionnette. J'ai compris que ça voulait dire Monte. Dans la camionnette, deux hommes étaient assis à même la plate-forme, deux Marocains à ce qu'il me semblait. Ils n'ont pas esquissé un geste pour m'aider à monter. L'un d'eux, au contraire, a craché par-dessus bord. L'autre a juste levé deux doigts de la main gauche, ce qui voulait dire Dieu veille ou que Dieu nous protège si ton regard est mauvais ! Mon regard, n'était ni mauvais ni bon, tout juste chargé de fatigue et de sel marin. Je me suis endormi une fois de plus. Quand je me suis réveillé, la Peugeot était sur une piste de terre avec de gros trou d'eau. Elle cahotait, comme les taxis à la sortie d'Azilal quand ils vont vers la montagne. Beaucoup de temps avait dû s'écouler, l'après-midi était bien avancée. Les arbres étaient rares et secs ; ça ressemblait à ce que j'avais déjà vu dans mon pays aux endroits où les plaines n'ont pas d'eau. De temps à autre on apercevait quelques bonnes taches vertes avec des maisons blanches et basses. De grands jarres marquaient la porte. On les dépassait et c'était à nouveau la terre rouge et sèche. Je regardais par la vitre arrière, au travers de la lucarne je voyais s'agiter devant le pare-brise la petite femme marabout que j'avais déjà vue dans la niche. Je l'ai regardée avec attention. Peut-être protégeait-elle le conducteur. Je la voyais danser et tourner. Quelquefois c'était vers moi qu'elle tendait ses petits bras de plastique. Peut-être me protégeait-elle, moi aussi ? Le conducteur m'a aperçu dans son rétroviseur. Il n'avait pas l'air content. Son mégot allait et venait d'un coin à l'autre de sa bouche. J'ai baissé la tête. Le plus jeune des Marocains, celui qui m'avait vaguement salué, s'est mis à rire. Il m'a dit quelque chose en espagnol. Bien sûr je n'ai pas compris mais ça devait être bien méchant, parce que l'autre a aussitôt craché une fois de plus. Qu'est-ce que je leur avais volé, à ceux-là, mes frères, pour qu'ils soient si méfiants et si désagréables ? Il serait temps plus tard de le leur demander. La Peugeot faisait quelques embardées, on traversait une zone très verte et ombragée, la route montait vers une colline, plantée de vigne. Plus loin, c'étaient des pommiers. Une grosse ferme était au bout d'une allée d'arbres clairs, qui ressemblaient à nos saf-saf sauf qu'ils étaient plus denses. Une grande ligne de fils de fer barbelés ceinturait la propriété. On s'est arrêté devant une barrière, des chiens sont venus aboyer et mordre les roues. Le portier, j'ai bien vu que c'était un grand nègre de chez nous, a soulevé la barre rouge et blanche. On a longé des bâtiments de briques. Mes compagnons de voyage sont descendus sans dire un mot. J'allais les suivre mais le conducteur m'a fait un signe en appuyant son index sur ma poitrine. Reste, ça voulait dire. Il est parti pour revenir cinq minutes plus tard avec un autre Espagnol. Celui-là était habillé comme un riche. Il avait un gros dossier sous le bras et il mâchonnait un cigare éteint. Il m'a interrogé dans sa langue. Il parlait fort et répétait de sa voix forte Como et un autre mot que je ne comprenais pas. Como ? Como ? Mohamed ? Ali ? Ahmed ? et il appuyait chaque fois sur ma poitrine. J'ai compris qu'ils voulaient savoir mon nom. J'ai dit Badis. Badis, il a répété. J'ai moi aussi touché sa poitrine Et toi, j'ai dit. Ça ne l'a pas fâché. Antonio, il a dit Antonio Gomez. Il a désigné le chauffeur et il a dit Julio. Cet Antonio était plus grand que l'autre et plus blanc, ce devait être le chef de chantier. Il m'a dit Trabajo Travail. J'ai dit Oui. Il a sorti des billets. Il y avait marqué 10 sur chacun. Il en a sorti 2 et il les a mis l'un sur l'autre. Il a dressé un index et m'a dit Uno, Un dia ! Pour 1 jour, d'accord ? J'ai dit Oui. Il m'a tapé sur la main et sur l'épaule. Ça voulait dire qu'on était en règle que le contrat était signé. Alors, l'autre a dit Badis viens. On est allé jusqu'à l'extrémité du bâtiment. Il a ouvert une porte et m'a fait signe de passer. C'était une chambre de ciment. On y voyait des lits de bois avec des nattes par-dessus et assis ou couché sur chacun de ces lits se tenait un des nôtres. Ça n'a pas eu l'air de leur faire plaisir, à ceux-là, que j'arrive parmi eux. Mes deux compagnons de voyage étaient là, eux aussi. Ils m'ont salué cette fois d'un signe de tête. J'ai répondu Aleikoum Salam. Antonio m'a montré un lit vide, c'était le dernier, je m'y suis assis. J'étais chez moi maintenant, mon nouveau chez moi. J'étais arrivé au Paradis d'Europe. J'avais survécu à la noyade, à la blessure, au temps. J'étais vivant et là où je devais être, outre-détroit.

Alpha

Tanger. Il n'a désormais plus rien à y faire. Il pourrait virer de bord. Reprendre le chemin d'Europe. Le ferry de la Trasmediterrànea part dans une heure, l'hydrofoil de la Limadet dans vingt minutes. La salle du bar, immense et vétuste, est encore revêtue de son décor mille neuf cent trente. Le comptoir acajou cuivre est à lui seul un paquebot. On y navigue. On a le droit d'y avaler un dernier verre : jerez amontillado. Rite que l'on accomplit à chaque traversée. Il faut bien mettre un terme à l'Espagne. Combien de tours déjà ? Vingt, ou plus peut-être ? Parce que de ce pays on est quasi expert. A chaque éternuement de l'histoire, c'est lui qu'on envoie. Il y connaît tant de monde, il est tellement professionnel ! Attentat, referendum ou mariage princier, on est certain avec lui d'avoir son papier à l'heure, juste, propre et si bien enveloppé !

Bien, on en restera là, descendu en marche. Pour l'heure, il ne sera pas nécessaire de virer de cap. Il n'y a pas le feu, on peut s'accrocher à ce comptoir si hospitalier. Stand by, l'esprit en attente, suspension… prétexte à ne pas être pour quelques instants. Faudrait-il lâcher cette bouée, pour s'en aller à la dérive dans Tanger cité-vieille ? S'y cacher, disparaissant dans sa foule anonyme. Il n'en est pas question : il a beau connaître la ville et être expert en rideau de fumée, ses informateurs le retrouveront où qu'il se cache. Ils sont payés pour cela, ils ont déjà pris, en son nom, mille et un rendez-vous avec les migrants clandestins, avec ceux qui les achètent ou les vendent, avec les flics honnêtes et les ripoux, avec le diable et ses réseaux…

Il ne veut plus de ces salades. Il ne veut plus être le Grand Reporter, marchand de couleuvres. Et de ce dernier reportage, qu'il avait pourtant choisi lui-même de couvrir, il ne veut plus. Une autre dérive l'accapare… Depuis longtemps, une autre migration l'obsède. Il en est comme enragé depuis des mois, depuis ce jour de novembre, cette rencontre, un matin…

— Otra copa por favor… Parce qu'on a beau être en terre maghrébine, le castillan est la langue dominante. Amontillado, con aceitunas, gracias.

Oui, la vérité est qu'un autre migrant l'accapare, un migrant personnel. Un étrange voyageur qu'il a débusqué en lui-même au détour de la cinquantaine et qui maintenant ne lui laisse ni trêve ni repos. Celui-là, il l'a rencontré à sa sortie de clinique, au matin du 24 novembre — huit mois et deux semaine à ce jour… — Etait-ce fantôme, démon ordinaire, fantasme, hallucination visuelle, mirage, foutaise ? En tout cas, il l'a bien vu se couler dans les bosquets du parc de Sceau, fuyant comme un furet pour mieux l'appâter. Treize heures. L'après-midi crevait les arbres des ses longues orgues solaires. Sorti de la maison de repos, malgré le déconseil. Les grammes de Largactil pesant encore sur les paupières… Premiers pas de fatigue, mais la joie n'en était pas exclue. Le barrage tenait, les monstres devant les hauts murs ensommeillés avaient peut-être fait demi-tour. Il y a des reflux, disait le professeur qui croyait, dur comme fer, aux vertus du béton hospitalier. S'était assis sur le banc, le temps de rire de cette liberté retrouvée et respirer comme il se doit en observant que l'on respire — dédoublement de la pensée, écho qui persisterait quelques jours, lui avait-on dit. Fais donc un grand respir, vieux fou, et reprend ton bâton de chemineau.

Alors, sans crier gare, de sous le grand Paulownia aux larges feuilles la silhouette grise est sortie de terre, aussitôt épanouie en un geste de dessin animé, comme ces pistils qui se dressent au ralenti. S'immobilisant, image grise et légèrement bleutée comme couverte de cendre. La créature s'est retournée vers lui, visage lointain mais incroyablement précis puisqu'on pouvait lire, en un seul jet, le défi, le mépris, et l'amorce d'un contrat non dit. Ensuite, l'homme prenait la fuite droit devant, se retournant à deux reprises, en lui chaque fois ce même regard de biais, d'invite, d'assignation. Blanc et gris un peu de sommeil a suivi, puis la berlue nauséeuse… et l'effacement, merci mon Dieu et Saint Sigmund, le rejet dans les limbes et l'oubli volontaire, on connaît ça ! Expert, avec ou sans gouttes, en dissimulation à soi-même.

J'hallucine. Bon, et alors ? Retourner, contourner le vieux mur, sonner à la grille et Albert m'aurait ouvert. Ah Monsieur, Monsieur… Le docteur va arriver d'un instant à l'autre, en attendant, je vous remets dans votre chambre… Non merci ! Reprendre sa place sur le banc du parc de Sceau, désert à cette heure. Fermer à demi les paupières pour tenter de le revoir lui. Qui était l'homme entraperçu ? Etait-ce cet errant, marcheur éternel, avec son bâton et son baluchon, chemineau des routes crayeuses de l'exil. Qui était-il ? Son frère, son aïeul, ou son double ? Que voulait-il cet errant primordial ? Quel ordre ? Quel conseil ? Quel contrat allait-il lui tendre pour qu'il y appose sa signature ? Rien, pas la moitié d'un rien. La silhouette avait un instant flotté dans les limbes, prête à s'éteindre puis ravivée à nouveau, ses traits se précisant, ressemblant soudain à s'y méprendre à cette créature parcheminée, cadavre antique, droit venu de la préhistoire, vieux de plus de huit mille ans, cet homme qu'il avait aperçu dans son cercueil de verre… Où était-ce, dans quel village de la haute Autriche ? Il ne s'en souvenait plus. Un instant plus tard, l'apparition s'était évanouie, se fondant, s'effondrant parmi les buissons du parc. Il lui en était resté comme un manque, l'ombre d'un désir inassouvi, d'une promesse, un pacte…

Le psy au téléphone : pas étonné, presque content. Bof, un dernier virage avant la grand route… Ça arrive, ne vous frappez pas, reprenez votre Haldol. On l'a repris… La vie a repris avec ses blancs et ses noirs, ses mensonges et ses certitudes. L'apparition s'est de nouveau manifestée quelques jours plus tard mais comme délavée, assourdie…

Pas un mot à qui que ce soit, bien sûr. Evidemment, on sait se comporter, on ne va pas étaler ses misères. On attend d'être seul pour se gratter. On garde l'œil bien fixe sur la ligne bleue, s'éloignant prudemment des failles ou des éboulis. Pas de risque d'effondrement. Dans les bureaux on tient son rang. On a appris, on connaît la géographie : ses propres limites et celles de l'interlocuteur. On sait où se risquer, où ne pas s'engager. Rivé, mine de rien, à sa montre. Deux minutes de trop peuvent être fatales. Mon cerveau est un sablier. Que s'épuisent les grains et la langue va fourcher. Bureau du rédacteur, bureau du banquier, chambres closes à polices, à douaniers, tous lieux où l'on a désormais appris à nager à condition que la natation n'excède pas les possibilités du nageur et que l'on puisse de temps à autre y faire la planche, bien détendu, l'œil et le ventre au zénith, en s'accrochant mine de rien à sa petite bouée médicinale. Comme ça l'on tient, comme ça on peut encore faire illusion. Personne ne viendra vous inspecter les circonvolutions, vous décréter zinzin ni même bizarre, ni même original ! Original ! Comme ils aiment ce mot, eux qui dans leur tragique banalité barbotent. Ruses, camouflages, sans oublier un certain nombre de techniques dont nous sommes coutumiers, zen et zazen, ce qui fait que dans les lieux publics, la bête se conduit proprement, respire à son aise ou presque n'a pas l'air plus entamé que toi ou moi et finit même par emporter les convictions. Les chèques lui sont tendus sans hésitation et les feuilles de Sécu dûment tamponnées. Le rédac-chef l'aurait même embrassé le jour où, semblant céder à un caprice, il avait proposé de partir à Tanger. Promis ses trois articles de douze mille caractères.

Pourtant, derrière son front lisse, ses sourires bien amidonnés, ce sont d'autres écrits qui germent en ses cellules, d'autres humains d'encre et de papier. L'errant du parc de Sceau n'est plus seul à le hanter. Il en a plein la tête qui se croisent, se chevauchent, s'engendrent dans un tohu-bohu d'enfer premier. L'amontillado dont il a bu plus qu'il ne faudrait malgré les recommandations des bons docteurs doit y être pour quelque chose dans cette sarabande. Voilà qu'ici, accoudé au comptoir cuivré de la Trasmediterrànea, ces individus qui sommeillaient en lui, attendant l'heure d'éclore, sont venus le rejoindre. Ils ont profité de ses incertitudes, ils sont là, ils s'installent sans bruit. Certains avaient déjà un nom : Yachir, Badis ou Léa, d'autres n'étaient que pales fantômes, créatures en germination et déjà pleines d'exigences, autoritaires, tyranniques même, car ces êtres quasi-vides sont déjà si pleins d'eux-mêmes que l'on se trouve devant eux faible et démuni… Le grand ventilateur au plafond s'est mis à pivoter lentement ajoutant au tournis.

Et maintenant ?

Vaquer.

Sorti du port, premier kiosque venu, on y vend des journaux, des cigarettes, des piles et des rasoirs, des cassettes et des corans. Il y choisit un carnet et un crayon.

La première chose à faire sera de ressusciter un mort. Lequel ? Celui parcheminé droit venu de la préhistoire et traînant encore dans les allées du parc de Sceau ? Ce Badis dont on sait si peu de choses, ou alors cet autre, cet homme jeune venu des montagnes marocaines ? Cet Idder que l'on avait quitté si brusquement, noyé de fraîche date, cet homme abandonné, au petit matin, sur une plage déserte près de Tarifa, en Espagne ? Il avait une grande blessure au front et pas mal d'eau dans ses poumons mais il avait pu encore faire quelques pas, quatre sûrement, cinq peut-être avant de s'étaler face contre sable à cinquante mètres de la barque fracassée. Il se nommait Idder, il avait vingt ans.

Le voici, couché de trois quart sur le sable, il attend avec impatience son aide avant la prochaine marée… On lui tendra la main, on le fera s'envoler. Mais il faudra auparavant quitter la ville. Ce ne sera pas vers le Nord, ni l'Europe, mais ailleurs.

Delta

Ramper, se glisser, couler et fondre,
par reptations successives et droit devant.
L'exercice est de plus en plus facile. Pour un peu, l'on y prendrait goût.
La gangue se referme après le passage.
Y laisse-t-on une trace en amont, comme les limaces ?

Soudain, d'un grand giclement est sortie la créature,
rocher hérissé d'éclats,
toutes dents en montre, violente et raffinée.
Elle marquait la limite,
dressée sur les deux branches noueuses de ses bras, ce roc me regardait,
interdisait. Dans une excavation obscure des silex pointaient,
comme vernissés,
une bouche ?
Mais nul effroi n'accompagnait cette irruption. Nulle frayeur, je le
découvrais maintenant, n'était licite en cette terre. La crainte,
illégitime, à peine ressentie s'enfuyait aussitôt. Ma progression seule
s'en trouvait interrompue, mon chemin brisé par cette présence.
J'ai dévié,
sans le savoir,
sans le vouloir,
dévié en courbe molle comme pour contourner, et la créature, sans
bouger, a rompu le cours.
Une autre inclinaison, à contresens pour reprendre l'avantage et deux
fois encore pour sonder l'épaisseur du refus.
Le limon tout autour virait au pourpre et tremblait.
L'enfouissement était la seule issue,
le repli dans la souille, dans le trou d'homme…

Et revient l'immense désir : se blottir, s'effacer, retrouver l'apaisant murmure du rien, sa caresse...

Une voix d'homme
vieux.
Péremptoire.
C'est une autre voix.
Que de voix ! Que de présences, en ces terres d'au-delà !
Quel encombrement ! Quel tapage !
Cette voix est autre, ce n'est plus celle qui, dès l'aube, m'accompagnait, voix rêche de toile déchirée, usée et rauque et qui ressemblait à la mienne propre.
Le son est de pierre et de vieil opéra.
C'est une voix qui affirme, qu'affirme-t-elle ?

Quelques mottes de terre se sont effondrées et je l'ai vu,
lui,
le parleur
se détachant sur la tourbe obscure, aux pieds des grands arbres drapés de noir,
vu le noble profil.
Il était tout de marbre, et fissuré, avec cette longue chevelure bouclée qui va si bien aux vieux marbres et de sa tête partaient des rayons, cornes de sagesse, de colère aussi.
A moins qu'il ne se soit agit de lauriers, tressés en couronne,
car l'homme,
malgré son poids, était sans doute de plume aussi... Vieil aède, ou chantre des temps enfouis,
ou Dieu lui-même, peut-être.
La figure était respectable assurément, pleine d'aimable terreur et d'enseignements.

Elle s'était soudain dressée, comme une immense colonne.
Les paroles ont retenti,
basses et caverneuses
roulant dans les confins.

Elles affirmaient la route à prendre,
cette voie
droite,
à laquelle il ne serait jamais permis d'échapper !

Pourquoi tous ces violons, Seigneur, cette apocalypse ?

Idder, disaient les galets de cette voix, glissants l'un contre l'autre,
Idder, reprend le chantier là où tu l'as abandonné, là où il t'a
abandonné.

Cent fois, la voix revenait, impérieuse, inlassable, les dites et les redites
se chevauchant, me débusquant soudain,
nu dans mon silence de terre, de sable, d'eau bue.

S'enfoncer encore aurait été si bon.
Quel luxe !

Idder, le nom prononcé secouait mon bourbier, la terre s'éboulait en de
grosses mottes.
Il allait émerger,
malgré lui…
Idde, oui, toi, le jeune noyé de la veille !
Répondre à la voix ? Avec quelles cordes et quel gosier ?
Y'en avait-il seulement un de gosier ? Et propre à sa fonction, encore ?
Quelle parole est alors sortie et d'où,
méconnaissable,
la mienne pourtant, de refus timide, de repli ?
Dans un tremblement. Mieux me vaut la noyade et m'effacer, ce n'est
que la première gorgée de sable qui coûte !

La voix de marbre a dit. Ce n'est plus ton chemin.
Je n'en connais pas d'autre a dit la voix d'Idder, la mienne…
Ce n'est plus ton lot, pas plus que l'enfouissement en sépulture, le
repos ou le relâchement dans un confort putride.
Lève-toi Idder, je te conduirai là où tu voulais aller, je t'y conduirai de
loin, de pas en pas. Si tu trébuches, à main forte, je te saisirai…
La brume s'est faite épaisse noyant la colonne, le visage et la voix.

Le froid m'a repris et le noir de nouveau.

Epuisé Idder de tout ce cirque, cette mascarade.
Il dort une dernière fois.
Délice de ce noir immaculé, l'enfant y repose.

Idder, il se nomme comme ça, c'est comme ça qu'on l'appelait, avant
qu'il ne grandisse,
avant qu'il ne meure.

Ici, maintenant, c'est plus tendre et plus mou, plus humide. Auparavant,
par delà tous les détroits qu'on avait fini de traverser, était la terre
d'Afrique. Celle d'ici, d'aujourd'hui, l'espagnole, est déjà plus jaune,
n'est-ce pas ? L'autre, l'ancienne était plus rouge, comme recuite au feu
des montagnes.

Mais un jour arrive,
c'était ce matin même,
où tous ces limons se valent, et les temps aussi se confondent…

Quelques images glissent, reflux d'enfance, à peine visibles. L'instantané
se détruit, aussitôt révélé, comme mot non dit, effondré, gisant dans
quelques miettes de sens. Un murmure berce ces retours de l'inopiné,
jusqu'au noir à nouveau. Je devine que ça saigne encore un peu, de
petites gouttes que j'entends tomber sur les feuilles sèches.
La paix,
une paix s'est installée pour lui, comme si une grande flaque de
bienveillance l'avait gagné.
Dans l'obscurité, quelques paroles cheminent à nouveau, sourdes
toujours, mais plus proches et chargées de clémence.

Autre voix, autres paroles.
Elles disent
En ta faveur aussi, est une main plus tendre que la mienne,
une femme,
une sœur…

Belle s'est élancée, elle a jailli par-dessus le noir entassé.

Belle était comme un drapeau, comme une flamme.
Précis était son visage dans le vent ; je le voyais à demi tourné et
oscillant, de trois-quart, puis de profil, ses longs cils, la courbe douce
des joues un peu creusées au-dessous des pommettes, comme les joues
des japonaises, la bouche tendre et un peu oblique, teintée d'une légère
moquerie.
Du vert dans ses yeux et du violet aussi,
mais à peine,
comme une retouche.

La bouche, à nouveau, entrouverte, où se devinait un sourire d'abandon.
Les yeux,
encore une fois,
qui se plissaient tandis que le visage se relevait.
Le reste du corps était à peine esquissé.
Là où le cou devait naître, un repentir, une longue traînée pastel que
l'on avait gommée.
Au-dessous, il y avait une épaule et un bras long, une main qui tournait
doucement sa paume vers le haut.
Tout le bas de l'image était de moitié aussi, le torse et le ventre que
voilait une étole de soie, la cuisse longue et, au-dessous du genou, une
jambe qui apparaissait et disparaissait au gré des mouvements.
Toute elle était dans cette moitié droite, penchée au-dessus de moi,
comme de bienveillance, comme de complaisance…

Idder, disait sa voix que je reconnaissais aussitôt, voix de chevelure
étrangement douce.
Idder, je te ferai volant, je te ferai oiseau. Tu planeras au-dessus de
cette terre.
Ne pas entendre !
S'emplir une fois de plus de ce limon secourable.
La voix insiste, elle vous redresse, vous soulève de ses inflexions de
velours et d'acier.
Et puis nous vient l'ivresse de ce vol primordial,
ce premier vol,
aux premières heures du naufrage,

cette bourrasque qui l'avait arraché.

De cet envol, toutes chairs meurtries, il se souvient maintenant.

C'était hier…

Va, enfant, va…

J'y suis allé : un pas, un seul et le trébuchement…

Tu parles d'un succès ! Idder n'est ni aigle, ni phénix, tout juste un poulet maladroit encombré d'ailes de parade.

Trois pas et un écroulement,

dix pas et l'envol.

Tous les oiseaux, Idder, ont connu cet apprentissage.

Essaye, essaye encore une fois, va !

Où aller, Belle ?

Va, Idder, l'Amazigh, continue sur ta route première, sur la voie promise, si fort désirée, si fort que, de ton village à cette plage, ton histoire n'est qu'une seule corde tendue. Comment échapper à cette parole, comment fuir ?

Ma petite voix mendie… Ah, retourner une fois encore dans l'obscur profond ?

Il n'en est pas question, Idder, nous te faisons homme volant,

deltaplane.

Comme il est riche Idder !

Lui qui voulait être homme grand, un homme dont on aurait dit « Y a pas de mal pour lui ». Et qui voulait aller droit sur sa route bien droite, pour être un jour vraiment grand comme, par exemple, ceux-là qui revenaient avec le costume et la cravate, ou bien encore ceux dont on disait c'est un vrai Haj et qui portaient des djellabas rayées !

Il n'y est pas parvenu, n'a pas même atteint la lisière de cet avenir rêvé…

Comme il est riche pourtant, avec cette femme
de douceur et de flamme
qui lui parle
et avec tout ce marbre qui lui tend main forte et commandements de feu !

Comme il est riche, tout à coup, lui, qui jusqu'à hier n'était rien, ne possédait rien ! Rien d'autre qu'une petite valise en similicuir, quelques vêtements, une amulette, un collier de coquillages sans valeur et un vieux plumier ne contenant que quelques billets de banque enroulés et fermés d'un élastique.

Non rien d'autre tout bien pesé...
Et le voilà maintenant paré de ces ailes nouvelles, vêtu aussi de
l'amitié de ses deux protecteurs,
un homme de marbre,
une femme de soie.

Alors, une fois encore et une autre, et puis l'envol facile et doux.
L'enfant mort est vêtu de vent.

Tournent, tournent mes paysages.
Il y a l'herbe, les pentes grasses, avec toute leur multitude de bêtes
blanches, les unes en chapelet, les autres en couronnes, vues de loin
comme ça, broutant, éparses, contentes de leur lait et de leur viande à
venir. Les maisons, petites, l'une protégeant l'autre, brunes de terre et
couronnées de chaux.
Les nommer, alors :
maison de l'oncle, maison du Mokkadem, maison de la cousine petite,
maison du père absent.
Image fixe,
un temps
puis l'effondrement, le recadrage.
Et le froid vous reprend de tant d'altitude,
le frisson fait se courber les ailes.
Tourne, tourne.
On poursuit, au début du chemin :

Maintenant. Idder, l'enfant, c'est lui, c'est moi, se tient blotti en un creux de terre sèche, en bordure de sentier, la chaleur est d'après midi, l'été, ouatée de pulvérulence. De part et d'autre du sentier, il voit les touffes d'euphorbe, bien épaisses, en concombres velus, celles qu'il ne fallait pas toucher, le gros caméléon est juché sur une pierre, tout jaune et gris, tapissé de lichen lui aussi, ses yeux déboussolés tournent à contresens.
Il ne faut pas bouger de son trou d'enfant, il faut se tenir immobile,

longtemps, si l'on veut apercevoir,
dans un éclair nacré,
la flèche de la langue arrachant le grillon, la coccinelle ou la mouche.

Le dessin est précis, on voit tout : la goutte de résine sur l'euphorbe blessée, la patte noire du grillon englouti, pendue et vibrante encore à la mâchoire de l'animal, et même le ciel, et au-delà, d'autres chemins, les chèvres, les taxis jaune sable en attente dans la ville basse.

Et tourner une fois encore dans ce ciel, d'une belle volte en forme de huit comme savent si bien le faire, en d'autres alpes, ces hommes blonds et durs à la peau dorée.

Tourner et revoir les pentes herbeuses et leurs moutons en multitude.
Revoir l'enfant vivant et puis l'adolescent qu'il est devenu et ses stations,
l'école et la rue,
les coups,
les coups fourrés et le reste.
La marche, longue, de caisses d'oranges en sacs de ciment, de plages en chambres borgnes.
La quête, interminable, menée par le désir d'ailleurs, d'exil, de fuite hors du pays, désir partagé par tout un continent, une Afrique entière et qui se tient prête à bondir, prête à sombrer aussi,
de Tanger à Tripoli,
de Bizerte à Tarfaya,
d'Algesiras à Lampedusa…

Vieilles fosses ! Stations, repères…
La chanson en est bien longue que les radios, tous les jours, vous distillent à l'heure du repas englouti.
Tourner et monter plus loin et plus haut, comme le fils de Dédale,
jusqu'à ce que fondent toutes les cires et que tombent toutes les plumes.

LEA

La charrette s'est brusquement arrêtée. De gros galets, des ornières encombrent la route que le torrent a traversée lors des dernières pluies. C'est un passage difficile et dans la montée les chevaux peinent. Je m'étais endormie sur le tas de ballots que l'on transporte depuis le départ ; trois jours déjà. La main de l'oncle Manoel est sur mon épaule, il me réveille le plus doucement possible. Il faut que je descende et que j'aide à pousser la charrette. J'ai douze ans depuis une semaine mais je suis grande et forte. Mes petits frères sont restés sur le véhicule, bien calés entre une malle et un rouleau de draperies. João a sept ans et Miguel quatre. Mon oncle Manoel ne ressemble en rien à ce dont je me souviens de ma mère, il est petit et râblé. Avec son teint d'olive verte, il a l'allure d'un paysan de l'Alentejo. A lui seul, il pourrait être pour nous un excellent camouflage... n'étaient, bien sûr, ses mains fines qui n'ont jamais tenu de charrue. L'oncle est marchand, mais ses mains sont celles raffinées d'un poète ou d'un artiste. Elles ont surtout caressé des reliures, des pièces d'orfèvrerie ou des meubles de prix, de l'or aussi. Cela ne l'empêche pourtant pas de pousser la charrette avec ardeur. Mes mains de fille sont presque plus grandes que les siennes. A elles quatre, elles font ce qu'elles doivent. Manoel peine et transpire dans les lourds vêtements de campagnard qu'il porte depuis que nous avons quitté la ville. Je pousse de toute ma force, et avec rage aussi. Je suis vigoureuse et élancée. Quand nous sommes côte à côte, je me rends compte que je le dépasse de trois doigts au moins. La voiture se dégage, la pente se fait moins raide. Mais il y a d'autres obstacles. Manoel souffle comme un bœuf et, sous son chapeau de feutre, je vois couler de grosses gouttes de sueur. On s'arrête un instant à l'ombre d'un chêne. On ne parle pas, il y a peu à dire ou alors trop.

Cela fait maintenant deux semaines que l'oncle est venu me chercher au Rosario, le collège des Sœurs Converses. Ah, comme je le détestais ce collège et tout ce qu'il contenait, l'hypocrisie, l'ignorance et la méchanceté enrobée de miel. Lorsque je l'avais vu arriver, ma joie avait été immense. Que venait-il faire ? Je m'étais élancée vers lui, en criant à travers les couloirs : Zé Manoel, Zé Manoel.

Malgré le beau présent que l'oncle avait dû lui faire, Sœur Maria Teresa gardait comme toujours son œil sévère. L'oncle marchait vers moi avec son grand sourire. Ses bottes qui résonnaient sur le marbre m'apportaient-elles ce que j'attendais, protection et liberté. L'oncle Manoel baissait la tête et, malgré son sourire, ses bras ballants annonçaient déjà des contrariétés. Il faut partir Léa.

Je savais depuis longtemps qu'une grande épreuve nous attendait mais je n'en mesurais pas la douleur. L'oncle que je savais si enjoué, si loquace, n'avait que de pauvres mots Il faut partir Léa, il faut partir… Dans les couloirs, toutes ailes dressées, volaient vers nous les trois harpies, la Mère Supérieure, Sœur Celesta et Sœur Immacolata. La Supérieure tendait les mains et répétait, elle aussi, Il faut partir mon enfant, il faut partir… Celesta et Immacolata se tenaient en retrait et joignaient leurs mains hypocrites devant leur visage. Déjà, mes paquets avaient été rangés devant la cellule. Il n'était plus temps, pas même de serrer dans mes bras celle qui avait été mon seul réconfort en cette prison, la petite Inès, fille des îles, venue de Madeira, qui avait tout partagé avec moi, le pain blanc que lui envoyaient ses parents, ses pleurs d'amour et ses premiers poèmes. Inès, boule brune adossée à la porte ne m'offrait, pour tout adieu, que cette petite main brune qu'elle levait vers moi. Je me suis jeté sur elle et l'ai serrée dans mes bras. J'allais garder comme un dernier présent l'odeur de ses cheveux. Mais déjà, la mère supérieure me secouait. Elle n'avait plus à masquer sa cruauté. Dépêchez-vous, mon enfant ! Et les autres reprenaient en chœur Vite, dépêchez-vous ! Comme elles avaient hâte de me voir partir ! Etais-je si indésirable, moi dont les parents avaient abreuvé d'or le collège, ses religieuses, ses Abbés et jusqu'à Monseigneur l'évêque de Braga ! Ma présence les mettaient-elles en si grand danger ? Fallait-il si vite se débarrasser de moi et effacer les traces mêmes de ma présence en ce couvent ? Sœur Maria Teresa avait quitté son air courroucé et avait pris les paquets bien serrés, (on avait dû s'y préparer depuis le matin), ces paquets qui étaient tous mes trésors accumulés en une vie de collège : mes vêtements d'ordinaire et mes vêtements de fête, mes livres, mes plumes, mes feuillets roulés bien ficelés, et les coquillages multicolores que m'avait donnés Inès. On y avait ajouté, en guise de viatique, un grand crucifix d'ébène… Pour la bonne route et le bon débarras.

Quand il avait pu parler, Zé Manoel avait bredouillé Tes parents sont partis, Léa, ils les ont emmenés. Il n'était pas nécessaire de demander Qui les avait emportés et Où ? Les temps étaient ce qu'ils étaient. Tout le monde se taisait. Tout le monde savait et moi je le savais mieux que personne. Je savais qu'un jour, serait jour de fuite. Je savais qu'une grande main dans l'obscurité se tenait prête à s'abattre sur les miens, sur moi-même. Ce jour était venu, mes parents m'avaient été enlevés. Mes parents, indemnes de toute tache, Jacopo da Costa et son épouse Raquel, tous deux conversos, dûment baptisés, et rebaptisés José et Carmela, et au moins deux fois aspergés d'une eau d'autant plus bénite que Manoel m'en avait dit le prix. La moitié de leurs biens en Espagne et de l'autre moitié au Portugal. Sainte conversion ! Plus chrétiens véritables que le Christ lui-même et on les avait emmenés, cette nuit, vers les lieux d'interrogation et de pénitence qu'ils savaient leur être promis. Ils n'ont pas résisté avait dit Zé Manoel. Comment auraient-ils pu ?

Je ne me souvenais plus de leur premier départ, huit ans auparavant, ils avaient fui l'Espagne. Quel âge avais-je alors ? Trois ou quatre ans. Ce que je savais c'est qu'on m'avait mise dans un panier, que j'étais juchée sur une mule et que mes parents suivaient le muletier dans une voiture fermée. C'était, il paraît, un bien mauvais cheval qu'on leur avait vendu à prix d'or et on m'avait dit qu'il était mort trois jours plus tard. On l'avait remplacé et on était arrivé au Portugal, en ce pays béni, où l'on était libre de vivre selon son cœur et sa foi… Mais les temps avaient changé et il avait fallu nous séparer. Mes parents vivaient quelque part, loin de moi, une vie de reclus, mes petits frères étaient confiés à l'oncle et moi, remise, contre argent sonnant, aux bonnes âmes du Rosario !

— Comme les temps ont vite changé !, m'avait dit l'oncle la dernière fois que l'on s'était vu. Il m'avait porté les cinq pièces d'or que m'envoyaient mes parents tous les trimestres. Il était reparti la mine sombre. Prend soin de toi, petite, et ne parle à personne de tes parents et de tes frères… On n'avait parlé à personne, on s'était caché là où l'on voulait de nous, moi derrière les murs sombres du couvent, mes parents dans l'Algarve, mes frères dans l'arrière cour d'un séminaire et l'oncle en des ruelles obscures de Lisbonne, mangeant de navets et vêtu comme un gueux.

Un soir — mais par quel chemin ? —, l'annonce était parvenue à l'oncle… On avait sorti les haches et déjà quelques portes avaient volé en éclat. Il ne fallait plus compter sur le moindre sursis.

Manoel, sans attendre le lever du jour, avait ramassé tout ce qu'il avait pu prendre dans sa charrette. Tout ce qui lui semblait précieux et qu'il avait pu encore dissimuler, tout ce qui lui semblait indispensable et il m'était facile d'imaginer sa peine, lui qui aimait tant les belles choses. Je sais ce qu'il en est des objets auxquels on doit renoncer, des choix qu'il faut faire, contre logique et contrecœur, mais la charrette avait ses limites et les chevaux n'étaient plus très jeunes. Au-dessus des ballots l'oncle avait ménagé deux petits creux sur lesquels il avait tendu une vielle tenture : c'était la cache des enfants. João et Miguel s'y sont lovés, Miguel en riant, João en pleurant. Ils acceptaient les mensonges comme les enfants savent le faire. Vos parents ont quitté l'Algarve. Ils sont partis à une noce. Quelle chance ils ont ! Mais nous aussi, nous avons de la chance. Nous allons chez une tante que vous ne connaissez pas, là haut dans les montagnes et il y aura d'autres enfants. Nous y serons très heureux, vous verrez… João baissait la tête. Cette nuit là, ses parents étaient revenus en coup de vent. Vers quel enfer tentaient-ils de fuir ? Sa mère s'était couchée contre lui. Elle l'avait embrassé dans son sommeil, croyant ne pas le réveiller, mais il avait bien senti qu'elle pleurait. Est-ce qu'elle aurait pleuré avant de se rendre à une noce ?

Maintenant, je suis assise avec Zé Manoel sur une pierre à l'ombre d'un grand chêne. Manoel parle peu, il ne sait pas parler. Je ne parle pas non plus. Ce que je pourrais dire est par-delà les mots. Manoel doit se douter de ce qui l'attend à son retour. Comment a-t-il pu tenir jusqu'à présent ? En abreuvant généreusement ses bons amis, le cardinal Cardenas et l'évêque de Braga ? Ce voyage lui-même, sur lequel on a bien voulu fermer les yeux, que lui a-t-il coûté ? Pourrait-il, un jour, au prix d'un abandon total de tous ses biens, tenter un embarquement sur les galères royales ? Je n'ose lui en parler. Les nouvelles conquêtes attendent du sang neuf, des bras, des têtes, d'autres os à briser. S'il parvient à s'embarquer peut-être pourra-t-il, un jour, nous y faire venir, nous soustraire à la malédiction de cette terre d'Espagne. Comme les Barbera, comme les Alvarez, ou les Toledano, ces familles dont on nous parlait à mi-voix…

Dans leur abri, entre les sacs et les rouleaux, les enfants dorment encore. Ils ont dû longtemps veiller en silence, se cachant l'un à l'autre leurs craintes et leur peine. L'oncle à sorti de sa poche un couteau. Il tranche le pain et un bout de saucisson. Il me tend une belle part. Cette viande est impure, attestée de pur cochon, dont la limpieza de carne n'est plus à démontrer. Ca n'empêche pas l'oncle de marmonner les quelques mots d'hébreu dont il veut, à cette heure, se souvenir.

CHEN

Un homme est venu de l'autre coté des monts. Je l'ai vu, c'est un Homme haut, ses dents sont grandes et fortes. Il est venu à cinq lunes de ce temps. Son dos est grand, ses bras forts, ses jambes longues. Je vois son couteau, aigu dans la main, c'est une arme d'éclats neufs et bien aiguisés. Il court vite derrière le renne au galop, il le prend au col. La terre est encore sans neige. Il a courbé l'animal et l'a ceinturé de ses jambes grandes. Il avait dans sa main ce couteau neuf d'éclats. Oui, cet Homme est venu seul à cinq lunes d'ici.

Aux neiges d'hier et d'avant, d'autres Hommes grands sont venus des hauts. Ce sont des Hommes non semblables aux Humains véritables, de notre lieu, et des familles qui sont les nôtres. La vérité dite est qu'ils ne nous sont pas semblables. Leur visage est autre, leur corps est autre, leur voix est autre, elle est comme celle de l'ours au printemps quand il cherche sa compagne. J'ai vu et j'ai compris. Moi, l'Homme vrai, j'étais caché. J'ai vu ces Hommes en grand nombre. Et j'ai entendu leur voix, et épié leurs gestes et j'ai vu ces nombreux obéir et faire comme nous le grand cercle et parler. Et je les ai vus repartir pour la chasse. Moi j'ai suivi et vu leurs couteaux, ces bonnes armes des Hommes non vrais. Ces couteaux sont nombreux, et non semblables aux nôtres. Il y a des couteaux à planter, des couteaux à jeter et des couteaux à découper. J'ai vu aussi de grands couteaux lancés avec un bois long et une attache de cuir. J'ai vu aussi des armes comme celles des Hommes vrais que nous sommes, couteaux de pierre, en éclats vifs de silex ou d'obsidienne. J'ai vu encore des couteaux noirs comme nous n'en avons jamais eus, et aussi des couteaux jaunes semblables aux galets métal des rivières.

Ces Hommes sont restés une nuit, un jour et puis encore une nuit et, au matin suivant, ils sont partis. Moi je les ai suivis et suivis, suivis jusqu'au au grand col du froid, là où sont les Pierres-Dressées, où l'interdit de mort nous empêche de passer outre. J'ai pleuré de ne pas pouvoir suivre, j'ai pleuré sur cet interdit de mort du col du vent.

Je suis revenu, j'ai cherché et cherché, et j'ai trouvé sur le sol des couteaux perdus et des morceaux de lames de couteaux. Et je dis que ces morceaux sont noirs et froids dans la main comme jamais. Ils sont comme le galet mouillé. J'ai trouvé aussi des morceaux de couteaux jaunes. Ils sont moins froids dans la main mais beaux comme les yeux des oiseaux-soleil.

Je suis revenu au camp des Hommes vrais, j'ai montré mes découvertes. J'ai dit Voilà, comme nous le savons tous, par delà les monts des arbres à l'écorce noire, il y a une terre sans arbres, puis une terre sans terre de pierre blanche et plus haut encore est le chemin interdit du col du froid. Les tas de pierres sont là-bas, posés en limite, chacun mettant sa pierre en signe de soumission et moi aussi j'ai mis la mienne. J'ai dépassé cette première limite, la peur nouée dans mon ventre. J'ai encore marché, caché courbé de roche à roche, jusqu'à l'extrême qui sont les Pierres-Dressées-Soleil. L'effroi et le vent m'ont courbé. J'ai couché mon corps, sur la terre juste du col pour attendre la fin de la peur, mais la peur et la mort sont restées en moi. Jamais les Hommes vrais ne franchissent cette limite. Le souffle était rare dans ma poitrine, j'ai tourné ma face au soleil et puis couru, et puis couru.

Voilà, je déclare que ces Hommes non semblables sont nombreux et sont venus sans crainte en deçà des limites. Ils ont pris des lièvres des champs, ont pris des outardes, et aussi des chèvres des monts. Ils ont tué un ours blanc, vieux mâle solitaire. Ils ont chassé de ces oiseaux gris des fourrés. Ils ont même recueilli les vers des arbres et des animaux plats des ruisseaux. Ils ont pris, tant ils sont rapides, des rennes au galop. Ils se sont emparés de tout vite et avec habileté. Ils ont pris tout cela en grande quantité. Ils ont recueilli beaucoup et du meilleur et ils sont partis.

Je dis que ces Hommes ont un grand savoir. Ce savoir est bon et apporte beaucoup. Ils ont, je l'ai compris, le savoir des routes et des armes, le savoir des ruses et des pièges.

Et ils ont plus que nous, Hommes véritables, le savoir de la parole. L'un parle et l'autre fait.

J'ai entendu leurs voix. Elles sont mauvaises à mon oreille comme la voix des bêtes mais elles sont bonnes pour eux. Ces hommes qui ne nous sont pas semblables parlent beaucoup, ils ont beaucoup de paroles et beaucoup de façons. Ils parlent en voix petite ou parlent en criant, ils parlent seuls et ils parlent à tous, ils parlent aussi de toi à moi et de moi à toi. Je crois qu'ils parlent toujours. Sauf dans le sommeil, ils parlent.

Ces paroles font leur travail habile et bon. Quand leur travail a apporté la bonne mesure de leur soif, ils ont tout entassé sur des branches liées, et ont couvert leur bien avec des herbes tressées. Et quand tout a été bien tassé, ils ont placé deux grands liens de cuir devant et des Hommes forts ont tiré. Derrière aussi des Hommes forts ont poussé et poussé vite. Ces Hommes non semblables sont des Hommes puissants et vite. Moi j'ai tout vu et bien entendu. Et j'ai appris des paroles étranges de ces Hommes non semblables. Trois jours et trois nuits je les ai suivis pour entendre et apprendre. Pour dire viande, Han. Tchan est le couteau. Les branches liées pour porter les provisions, Eff. Les liens de cuir, Tsalan. Pour tirer, Ha hoy. Et pousser, Da hoy. Eux sont partis avec trois Eff remplis tirés de liens gros et solides. Sous ces branches sont des morceaux de peau tendus et les Eff glissent sur le sol et sur la neige. Les Hommes grands ont fait un long chemin. Moi, j'étais toujours caché, mais j'ai pu bien voir. Eux ne m'ont pas vu, ou n'ont pas voulu me voir.

Voilà, je suis revenu au camp des Hommes vrais, j'ai tout dit et tout montré, voici les couteaux noirs et froids, et de nombreux morceaux de lames, je donne ces morceaux à notre Amhar-Chef, voilà aussi des morceaux de couteaux de métal jaune comme l'œil de l'oiseau-soleil, il y en a deux. Je donne l'un à l'Amhar-Chef et je donne l'autre à cette femme qui est mienne, pour son ornement et sa beauté. Et je montre ici les liens que savent faire les Hommes non semblables. Ils sont de fibres et de peau tressée. Il y a des liens petits et d'autres liens gros et solides. Et je montre aussi les bois de longs couteaux à lancer. J'ai encore cette petite boule jaune qui a une odeur d'écorce. Elle était tombée à terre avec ce petit lien. Beaucoup de ces Hommes ont, sur le cou et sur les poignets, cette boule qui sent. Voilà aussi des dents de sangliers longues. Trois et une autre liée avec un lien très fin, ce sont des ornements que ces Hommes ont perdus dans les jeux et les combats près de la rivière. Je déclare tout cela mien et dis le vouloir défendre. Je dis aussi devant tous Hommes véritables et pubères et devant l'Amhar-chef. Moi, à trois lunes de ce jour, je décide très fort de quitter mon camp, pour trouver le camp de ces Hommes non semblables. Je laisse ici ma femme et mon foyer et tous les objets m'appartenant en gage de retour. Je connais les dangers et les malédictions par delà des limites et de l'interdit des cols et des monts, et je sais aussi la colère de ceux que l'on ne nomme pas. Je demande à l'Amghar-chef protection pour cette femme mienne en mon absence. J'ai un trop grand désir dans moi pour écouter la voix des Hommes vrais qui disent Reste dans ton camp. Ne pars pas. La voix qui est au-dedans de moi l'a dit et redit, plus fort et plus clair que les voix de tous les Hommes. Il y a trop grands dangers et malédiction sous tes pas. Mais en moi est un désir plus grand que la peur. J'ai vu les richesses des Hommes non semblables, j'ai vu les pierres de métal noir et les pierres de métal jaune et j'ai connu le savoir de ces Hommes que je veux faire mien. J'ai vu ces Hommes plus grands que nous et de plus grande valeur. Je veux faire de moi leur égal et posséder ce qu'ils possèdent.

BADIS

A sept heures moins le quart, Julio est venu nous chercher. Il a désigné six d'entre nous pour le suivre. La camionnette a roulé à toute vitesse sur une route qui dominait la mer. A quelques kilomètres, on s'est arrêté. On était arrivé dans une résidence en construction. Le chauffeur est descendu et il a parlé un instant avec un homme en bleu, ce devait être le contremaître. Ils ont parlé un petit peu en se disputant et puis ils se sont mis d'accord. Ils se sont tapé la main. Le contremaître est venu vers nous, il nous a bien regardés, un par un, je crois qu'il était content. Il nous a dit Ça va, venez. Il nous a dit ça en arabe et on l'a suivi. Les autres avaient leurs affaires de travail toutes prêtes. Moi, je n'avais rien. Le contremaître m'a demandé de le suivre dans son bureau. Il a ouvert une armoire et il m'a donné une salopette. Il m'a dit Vingt euros, si, como docientos dirhames, mais despues, après… Il faudrait que je les lui paye, ça serait retenu sur mon salaire. Ça allait, j'avais vu pire. Il m'a aussi donné un casque, et gratuitement. Il m'a dit qu'il fallait que je le mette absolument. Il m'a bien expliqué que tant que j'étais vivant il n'y avait pas de problème, mais que s'il m'arrivait d'être mort, ce serait des complications pour eux. Je comprenais bien ça.

La construction, je connaissais : manœuvre, je l'avais été toute ma vie. Manœuvre de mon père, quand j'étais dans les champs près de mon village et puis sur les chantiers ou sur les routes. Quand on m'a pris dans une imprimerie parce que je savais lire un petit peu, c'était aussi pour être manœuvre ou presque… Si j'avais fait de longues études, j'aurais fini manœuvre-docteur ou quelque chose comme ça. Bien sûr, comme j'étais un nouvel arrivant on m'a donné le travail le plus pourri. Je m'y attendais, d'ailleurs. J'ai commencé à charger mes sacs de ciment. J'étais étonné, ils ne faisaient ici que 40 kilos, c'était dix de moins que nos sacs du Maroc.

Et le papier qui les recouvrait était plus solide. Il ne se déchirait pas tout seul et on n'était, pas dès les premiers sacs, recouvert de farine. Quand même, ça allait un peu vite et quand un camion était vide, un autre arrivait. J'ai rapidement senti mes forces me quitter. Si la journée de la veille, la traversée, ma blessure, la marche dans l'eau ne m'avaient pas épuisé, j'aurais tenu le rythme sans problème.

Heureusement, vers le milieu de la matinée, la ronde des camions s'est interrompue. On m'a dit qu'ils avaient du mal à charger, à l'usine. Je n'allais pas m'en plaindre. Je me suis assis. Un Marocain d'une quarantaine d'année est venu se reposer à côté de moi, c'était un des hommes de notre chambrée. Il m'a tendu une cigarette. On est restés un moment silencieux. Ensuite je lui ai demandé Dis-moi, mon frère, est-ce que c'est toujours comme ça que vous recevez les vôtres ? Il a fait semblant de ne pas comprendre. Je lui ai dit Dans une cage de fauves, on m'aurait mieux reçu que dans votre chambre. Même les flics les plus tordus, chez nous, m'auraient salué et demandé mon nom. Il est resté un moment silencieux, ensuite il m'a expliqué. Tu sais, on n'était pas comme ça au début. Quand un des nôtres arrivait, on était content, on lui ouvrait notre cœur et notre choukara. Ses premiers frais étaient pour nous. On lui donnait les meilleurs conseils, et crois-moi que ceux qui arrivent en ont besoin. Au travail, on l'aidait aussi, on le présentait au contremaître et à la pause on partageait la gamelle. On faisait ici, comme on avait appris à le faire au pays, comme notre père nous avait dit qu'il fallait faire avec l'étranger, et plus encore quand l'étranger est un frère. On était peu nombreux, ici sur cette côte, on se connaissait tous. Quand un nouveau arrivait, on l'acceptait comme chez nous on accepte un homme qui vient de la vallée voisine. Ça fait douze ans que je suis ici. Pendant longtemps, on a pu vivre et continuer à penser comme par le passé. Ensuite, j'ai vu les choses changer. Des comme toi et moi, il en arrivait chaque semaine quelques dizaines. Avant, les felouques n'étaient pas très grandes, elles avaient de petits moteurs et il ne pouvait pas en partir tous les jours. Mais depuis quelque temps, c'est par centaines que vous débarquez la nuit. Les pateras chargent maintenant quarante à cinquante personnes, il a beau s'en noyer quelques-uns, il en arrive assez pour changer les habitudes.

Je lui ai demandé en quoi ça pouvait le déranger qu'on débarque et s'il croyait que toute l'Andalousie était à lui et à ses copains. L'Andalousie, il m'a dit, elle est à ces maquereaux de caoued qui nous vendent. Et comme on est de plus en plus nombreux, on vaut de moins en moins cher... Je n'avais pas encore bien compris. Tu vois, il a dit, en ce moment ça va. Il y a du boulot, entre les chantiers, la pêche, les récoltes de fruits, ça tourne. Mais dans quelques semaines, il n'y aura plus ni pêche, ni fruits. Et ces salauds vont nous vendre au prix qu'ils veulent. Les derniers à débarquer sont prêts à accepter n'importe quel salaire. Ils pourraient même travailler pour rien, juste pour pouvoir coucher quelque part et ne pas se faire prendre par la police...

Il m'en avait assez dit. En une demi-heure, il m'avait saccagé mon paradis andalou. J'en savais autant que les camarades. Lorsqu'un nouveau viendrait dans notre case, j'aurais le droit de lui faire une sale gueule. Le travail a repris, les camions se succédaient, mes épaules me brûlaient, mais je savais que, trois ou quatre jours plus tard, cela me paraîtrait supportable. Le camarade, malgré tous ses beaux discours, m'a aidé. Il a pris plus que sa part, me déchargeant d'une bonne vingtaine de sacs.

Le soir, lorsque je suis rentré à la baraque, j'ai apporté le thé, le sucre et la limonade. Il y en avait assez pour payer la dot et entrer dans la famille.

GINO

Ma chère sœur,

Je t'écris d'un village qui s'appelle Hazebrook. Arriveras-tu un jour à prononcer un nom pareil ? Ça ressemble à ces vilains mots que nous disions quand nous étions enfants. Hazebrook est un village neuf que les patrons de la ville ont fait construire. Toutes les maisons sont pareilles, mais elles ont tout ce qu'on peut désirer. Imagine-toi que nous avons de l'eau jusque dans les cuisines et qu'il n'est pas nécessaire, comme chez nous, d'aller à la pompe. Ceux qui sont mariés y vivent en famille. Moi, je me suis installé avec trois camarades, un homme de chez nous, Bruno Lussato, qui est de Catanzaro, un vieux Polonais et un Arabe. On a chacun notre lit dans une petite chambre, on paye au patron un loyer très modeste. Il y en a ici qui disent que le travail est dur. Il est dur surtout pour ceux qui n'ont pas l'habitude de se remuer les bras mais pour moi qui ai peiné toute ma vie aux champs, les journées ne me sont pas plus dures que sous le soleil de Sicile. Je n'ai eu, tu le sais bien, que notre père comme seul patron. Que Dieu lui pardonne, mais celui-là savait bien aller au bout de notre sueur et de notre fatigue. La mine est neuve et bien organisée. Les galeries sont les plus sûres qu'il soit, larges et bien étayées. Le fils du patron lui-même descend avec nous, c'est lui qui veille à la sécurité. Bien sûr, la mine est la mine, et rien n'empêche qu'il n'y ait de temps à autre des accidents. Pour les courses, tout est facile : c'est la direction elle-même qui a créé des magasins où l'on peut se ravitailler. Ce n'est pas plus cher qu'ailleurs et, comme ça, on n'a pas besoin de courir hors de notre carrée, pour trouver les produits qui nous sont nécessaires. Et puis, si l'on n'a pas encore touché sa paye ou si l'on est un peu gêné, ils ne refusent pas ici de faire crédit. Il y a une église et des cafés mais ce n'est pas là que l'on me voit le plus souvent. Avec des amis italiens, et des Belges aussi, on se retrouve après le travail pour discuter au foyer. Vittorino est loin d'ici, près de la frontière mais, même de loin, il m'a bien aidé dans les premiers jours en m'hébergeant et en me faisant profiter de ses conseils. Il faut dire qu'on le connaît ici comme on connaît le Pape ou Garibaldi et qui vient de sa part est bien reçu. Il y a des gens de toutes opinions, ici, et chez les nôtres, on voit souvent surgir les vieilles histoires qui nous ont divisés au pays. Tu sais de quoi il s'agit. Un petit clan de vieux patriotes d'un côté. Ceux-là vous parlent d'ordre et d'autres de progrès social. Tout ça m'intéresse, ça vaut mieux en tout cas que de se noyer dans l'absinthe mais la vérité est que je n'y comprends pas grand chose et que je n'ai pas fait mon opinion. Puisque j'ai décidé de te parler de tout, comme je l'ai toujours fait au pays, je dois te dire qu'il y a aussi quelques filles faciles et quelques mauvais lieux. J'y ai recours le moins possible. Je ne veux gâcher ni mon argent, ni ma santé. Le temps n'est jamais beau dans ce pays. C'est un peu triste de s'y promener le dimanche. Les terrils, c'est comme ça que s'appellent les grandes collines de cendres et de poussières que crache la mine, ne font pas un beau paysage. Notre Sicile est plus douce. Dommage qu'il faille en partir pour gagner son pain. Quelquefois, dans ces journées de repos, nous allons jusqu'à Lille en omnibus (Ce sont leurs voitures à cheval). Là-bas, je dois te dire que je fréquente. C'est une fille gentille, mais peut-être pas une créature comme vous aimeriez que je présente au jugement de notre mère. Alors, j'attends pour m'engager davantage. Le pays est bien loin, mais il pose encore sur moi son regard sévère. Je croyais en venant ici m'en échapper, mais il court plus vite que moi. Bruno Calvi est venu me voir, il travaille aussi à la mine, mais il est dans un autre coron. Ça m'a fait un grand bien de le retrouver. Nous avons parlé et ri comme nous avions désaccoutumé de le faire. On a parlé des uns et des autres et de toi aussi pour qui il a plus que de la sympathie. Il t'envoie son grand et respectueux salut. Chez eux, au coron vieux, il y a des problèmes que l'on ne voit pas encore ici. Ils ont eu quelques mouvements de grève et des bagarres avec la police lorsqu'un ouvrier est mort dans un puits mal aéré. Des policiers ont été blessés et les Italiens sont accusés de semer les idées des socialistes. J'essaye, pour ma part, de me tenir loin de tout ça, mais je t'avoue que je partage beaucoup de ces sentiments et de ces pensées. Ne t'inquiète pas pour moi à ce propos, je ne suis pas comme ces Milanais qui s'enflamment et se lancent dans la rébellion avant de savoir s'ils sont assez forts pour en sortir vainqueurs. A force de prendre des coups, notre bonne terre de Sicile nous a enseigné patience et prudence. De toute façon, notre coron est jeune et les gens qui y travaillent viennent de tous les horizons. Il est difficile de s'y faire comprendre même pour les porteurs de justes paroles. Si tu nous voyais dans notre carrée ! Un Arabe qui ne connaît que dix mots de français, un Polonais, ami de la bouteille, qui sait en dire vingt et nous, Lussato et moi, qui en connaissons à peine plus. La seule chose que nous pouvons faire ensemble, c'est de jouer aux cartes.

Ma chère Sœur, pour ce qui est de la pièce de terre qui m'appartient, veille à ce que l'oncle n'omette pas de l'ensemencer. Je lui avais laissé, comme tu le sais, assez de graines pour cela. J'espère que je vous semble, maintenant que je suis loin de vous, un peu moins mauvais que vous ne me voyiez. Tâche, si cela est possible, de faire taire les calomnies sur mon compte. Si tu n'y parviens pas, qu'elles courent ! Ce n'est pas grave, elles finiront par mordre leurs auteurs. Je serai de toute façon beaucoup plus aimable à tous lorsque j'aurais mis de l'or à vos poignets. A propos d'argent, je te fais parvenir deux cents francs, ça fera trois cent vingt lires. Donnes-en la moitié à notre mère et garde le reste pour mon retour. Tu prendras cinquante lires pour te payer ce manteau que tu avais vu chez Giuseppino. Tu en auras besoin pour l'hiver. C'est tout ce que je peux faire aujourd'hui. J'ai eu quelques frais pour m'installer. J'essayerai de vous en envoyer davantage si les heures que l'on fait en supplément nous sont bien payées.

Ma chère sœur, ce n'est pas encore la fortune que j'espérais, mais, petit à petit, la laine pousse sur le mouton.

Sur ce, je te quitte. Sèche les larmes de ma terrible et tendre mère, embrasse-la pour moi, ainsi que les oncles, les tantes et mes frères bien-aimés.

Avec tout mon amour,
ton Gino.

Alpha

Fnideq, la ville se nomme Fnideq. A trente kilomètres à l'Est de Tanger, par une route éreintée, un peu à l'écart. Descendu du taxi, histoire de voir ce qu'il en était. A vu. Le lieu semble propice aux disparitions. Le village ressemble à une arête de poisson : une grande rue centrale prend sa source sur la route. Des transversales la coupent de plus en plus petites. A marché deux heures durant. S'en est allé et venu, douze fois au moins, du croisement grande route au terrain vague, où se tiennent les cent voitures en attente de dépeçage. Allé et venu sur cet axe, brillant et coloré à sa source, de plus en plus obscur vers l'aval. Les alvéoles de lumières s'y déclinant selon la tonalité depuis les éclats bleu saphir du grand bazar jusqu'au fanal de détresse de la lampe à acétylène du marchand de fèves bouillies. Les bifurcations perpendiculaires permettant de rejoindre des appendices, des îles, des gouffres. Ici sont en montre les ors, colliers, ceintures de mariée, diadèmes qui crachent leur jaune sans pudeur. Plus loin, les lustres en faux cristal, mais qui jettent d'autant plus de flamme qu'à dix mètres à peine la nuit se referme. En contrebas, jetés les uns sur les autres, des ballots couleur chocolat qui une fois éventrés laissent couler la pourpre des satins, les verts sombres des velours, et les noirs des voiles.

Nourritures aussi, alcool, roues de parmesan, sacs de café, Richesses inouïes d'autant qu'elles s'offrent ici dans une voirie de misère, trottoirs explosés, chaussée dévastée et la boue toujours et les flaques. Croisant, au passage, une humanité étrange plus bariolée qu'on ne l'attendrait ici, Noirs d'Afrique, du Sénégal ou du Mali, Sahariens étiques, gens de Fès au teint de lait… et d'autres.

Oui, allé et venu douze fois, explorant de fond en comble cette calamité…
Explorant ? Non, n'explorant rien, ne cherchant rien, mettant juste un pied

devant l'autre avec des prudences de vieille dame. Cherchant peut-être dans ce cheminement précautionneux à fuir le moment où il faudrait se poser des questions. Arrêté sur cette pensée là, cette pensée du refus de penser. Pourtant, sans le vouloir et nageant dans les brumes, les conclusions s'imposent. Car de la marche même naissent des évidences. Ce lieu, sous son maquillage, est un quartier général de tous les trafics. Du haschisch à la contrebande et de là au trafic de clandestins...

Peut-être le tracé de cette ville est-il inexact et qu'une ville factice s'est substituée à celle qu'il traversait. Peut-être cette ville n'a-t-elle pas le droit d'exister pour lui. L'intrus, et c'est normal, ne peut prétendre qu'à l'apparence. Il faudra bien s'en contenter. De la ville-vraie dite Fnideq « des petits hôtels », car c'est bien le sens du mot, ville connue et répertoriée dans le grand catalogue de la flibuste, qu'a-t-il pu voir ? Juste l'ombre.

Il est, sur la carte, d'autres cités de ce type : ports en aval des ports, villes-dépôts, dépôts d'hommes et dépôts de marchandises. A quelques bornes des grandes escales, ces villages ne manquent pas. Ils s'étagent de part et d'autre de cette mer dite du milieu, « d'entre deux terres ». De ce côté-ci, se nomment Ksar seghir, Benzou, de l'autre, El cabrito, Barbate. Depuis les temps d'outre mémoire, ils assumaient leur fonction de dépôts, à la fois visibles et cachés aux yeux des préposés au recouvrement des taxes... Taxes diverses, droits, péages et octrois, ou autres désagréments de même farine. Mais en ces matières seul un historien pourrait se hasarder. Pour ce qui est de lui-même, il n'a rien vu, rien, hormis les sacs mystérieux entassés jusqu'au plafond, les cartons que l'on devine bourrés d'électronique et quelques regards interloqués ou interrogatifs des passants, non, il n'a rien vu, rien cherché à voir, d'ailleurs.

De toute façon, ici, les yeux spontanément se portent sur le sol, largement labouré et ouvert de belles ornières chargées de l'eau de ces dernières pluies qui, tant que l'été n'est pas arrivé, ne sont jamais les dernières. Il doit sauter, gagner son refuge sur le trottoir. Il peut alors longer ces magasins dont les parpaings n'ont reçu qu'une maigre couche de chaux bleue, mais c'est bien assez pour ces marchandises qui ne stagneront jamais longtemps. Le rideau de fer est aux trois quarts baissé, un gardien à demi assoupi trône sur un sac de café en grains. Un bâton, insigne peut-être de sa fonction, est entre ses genoux. Ce n'est pas encore l'heure du grand commerce… Il est passé devant ce magasin-là et cet autre et d'autres encore semblables.

Depuis quand, cette ville est-elle cet agglomérat d'entrepôts, de minuscules caravansérails, de vitrines grasses derrière lesquelles brillent et braillent les télés-aquarium, de garages charbonneux, de cafés sonores où les dominos frappés contre le bois marquent le temps qui passe ? Depuis quand ? Depuis le temps des Phéniciens ? On voudrait le croire. On aimerait y rêver, les cotres déchargeant à quelques encablures leurs ballots, leurs jarres, leurs coffres, vite fait, dans la première anse hospitalière venue. Elles sont nombreuses, ces criques de débarquement, et faciles à trouver si l'on regarde avec un peu de roublardise la carte. Hospitalière, oui, à l'abri des regards des gabelous puniques ou tingitans ou latins, visigoths, hispano-maghrébins, marocains, voire même onusiens patentés. Oui, on voudrait le croire, mais peut-être ne date-t-elle que de la veille, cette banane de constructions jetée à la perpendiculaire de la route. De la veille, mais tout y est d'emblée vétuste, préhistorique même. Les parpaings, tout frais posés, ont cet air de fatigue que l'on trouve aux tristes marbres des forums romains. Comment s'y prennent-ils pour que l'érosion soit déjà dans les premières pierres ? Ici, les murs ont l'air de s'effriter avant même d'être dressés. Ils se penchent et tournent comme hésitant sur les lois de la pesanteur. Les êtres aussi sont courbes, ils évitent leur propre trajectoire, dévient leur regard, attendent qu'il se soit effacé, ou s'effacent à leur tour… D'où leur vient cet air de raser les murailles ? L'allure penchée qu'il leur trouve, est-elle autre chose que le reflet de sa propre obliquité ? Voit partout des traîtres. Des judas de sacristie vont le vendre à ses ennemis, le verre de lait qu'il a commandé vire au vert pomme et les poignards se cachent dans les replis des burnous… Allons, du calme, Maigret. On était bien décidé à lâcher l'enquête. Alors, à quoi bon ces spéculations ? Mieux vaut se caser sur un tabouret, au fond d'un de ces cafés de bord de route et tranquille, y fumer son calumet.

En cette halte, ville nommée « des petits hôtels », ville incomplète toujours en suspension. Il s'est trouvé une place : lové entre le comptoir en granito gris et la paillasse où mijotent les tagines de mouton. Il a fini par se poser dans cette gargote, sans doute parce qu'on n'y voyait encore personne, il s'est assis sur le tabouret de bois, devant un café crème, le carnet bleu bien ouvert sur la table carrée, bleue elle aussi et luisante, où quelques grains de sucre suffisaient à un festin de mouche. Il a sorti son petit couteau et taillé le crayon acheté le matin même à la sortie du port. Il fallait y aller doucement, craindre pour la mine qui risquerait de se casser, laissant un moignon friable. Ça faisait bien trente ans qu'il n'avait pas fait ce geste. Le copeau brun est tombé sur la table. Odeur de ce bois, odeur ancienne d'école ! La mine ne s'est pas cassée. En épouser le pointu du gras de l'index. Voilà, l'épreuve. Ce moment attendu et redouté.

La seule bonne chose à faire maintenant est de ressusciter un mort. Non pas l'homme jeune natif des montagnes de Berbérie, non, un autre… Celui-ci est un vieux cadavre parcheminé. Sa peau est de cire au teint d'olive, plissée et brillante. L'homme se tient dans une caisse de verre. C'est un homme véritable et vieux de huit mille ans. La caisse à été placée tout près de l'endroit où cette personne a été découverte. Au village de Sibalaum : cet homme se nomme maintenant « l'Homme de Sibalaum ». Ce village est exactement sur la frontière entre l'Autriche et l'Italie. Ce qui a permis à ces deux pays de se disputer comme au bon vieux temps et de réclamer chacun pour lui-même la possession de cet humain. Lequel de ces deux pays a-t-il été désigné pour délivrer à ce voyageur son visa ? L'on ne s'en souvient pas à l'heure présente et, pour tout dire, l'on s'en tape.

Dans cette caisse de verre se trouvent les objets et les vêtements appartenant à cet homme. On les a retrouvés, quasi intacts, par deux mètres de neige au fond d'une crevasse. Il y a un vêtement de peau, probablement d'ours, une paire de chausses dont le dessus et en peau de chamois tressée et le dessous de peau de buffle. Il a plusieurs couteaux, divers ornements de métaux et de pierres, un arc et des flèches. Chose inexpliquée, alors que tout est dans un état de conservation stupéfiante, les deux extrémités de l'arc sont brisées. L'homme de Sibalaum a l'air de sourire. Ses lèvres sont entrouvertes. Cet homme, ce voyageur solitaire, où allait-il ? D'où venait-il ? A travers son cercueil de verre, il nous aurait répondu si nous avions eu, lors de ce voyage au Tyrol, l'ouie plus fine. Aurions-nous compris son langage ? Quel langage était le sien ? Avec cette bouche — à quelques rides près, elle était identique à la notre — quelle syntaxe était la sienne ? Usait-il de verbes, d'adjectifs ?

Il n'y a que les premiers mots qui coûtent. De ces mots rayer la feuille quitte à se sentir floué, volé par sa propre langue si inexacte. Il y faudrait non des mots mais des traits, des lignes, des points violemment inscrits dans la pierre et chantant l'épopée compréhensible de cet homme... Voilà ce qu'il faudrait ! Ou alors, à défaut — car qui comprend encore la langue des pierres ? —, des cris, des émotions, des idées explosant en toute liberté sur la page... Mais on est soi-même si mauvais poète ! Il faudrait...

LEA

Où va-t-on, mon oncle ? En lieu sûr, mon enfant. Je vois son sourire
et je vois que nulle ride à son front ne vient contredire sa bonne
humeur. Il m'explique à mi-voix. Le Marquis José Camilo Pires est
frère de l'évêque de Porto, neveu du Cardinal et proche parent du
Saint Inquisiteur, ce n'est pas chez lui que l'on irait chercher des
puces. C'est dans sa propriété, la Quinta da Fé, que Zé Manoel nous
a conduits. L'oncle est aussitôt reparti, vers les dangers de la ville,
dangers qu'il mesure mieux que personne mais qu'il ne peut ni fuir,
ni écarter à puissance d'argent : il n'en a plus, ses dernières pièces,
de gros et lourds souverains, il me les a laissées malgré mes
protestations. J'ai eu beau crier et marteler sa poitrine, il ne voulait
pas les reprendre. Ils sont cachés en un rouleau de cuir bien serré,
noué dans une vieille jupe. Tout de suite après, il est parti vers son
destin. Je sais qu'il ne sera pas jonché de roses. Mes frères ont
accepté cette nouvelle, comme les enfants savent le faire, prêts qu'ils
sont à tout recevoir, mort de la mère ou présent de Noël. Miguel le
plus petit a réclamé ma main, refusait de la lâcher. En peu de temps,
il s'est résigné aux mensonges, les devançant même comme on sait
le faire à trois ans. Demandant de sa voix délicate, comme pour
témoigner de sa docilité, si nos parents allaient lui rapporter quelque
chose de leur long voyage. João s'est tu, s'enfermant pour
longtemps, et, je le craignais, pour toujours, dans le silence…
La demeure du Marquis, en tout cas, est grande et belle, elle se dresse
en bordure du Douro. C'est assurément un bon refuge. José Camilo a
des vignes qui produisent de l'or, des champs, des bêtes, et des bois. Il
est entouré de beaux amis et de beaux objets, il sait vivre et aime tout
ce qui est bon. C'est pour cela qu'il a dû contracter quelques dettes vis

à vis de mon oncle Manoel et de mes parents. Il a tant de fois usé et abusé de leur générosité qu'il ne peut aujourd'hui refuser sa protection aux enfants qu'on lui a confiés. Nombreuses sont les pièces de son mobilier qui ont dormi chez l'oncle avant de lui appartenir : fauteuil de cuir damasquiné, tapisseries, chandeliers d'argent. Sur une demande expresse ou sur un simple regard de convoitise, ces trésors ont été convoyés jusqu'ici... et de bonne grâce, pour toute l'amitié sincère que l'on doit à un protecteur. Bien sûr, les temps étant ce qu'ils sont, il pourrait jeter aux orties toute obligation, mais l'homme a de l'honneur et ce n'est pas un ingrat. Il nous a logés dans les combles de sa gentilhommière sous la garde d'une jeune religieuse.

Nous avons tout loisir d'aller à notre gré dans les dépendances et les services, mais nous ne devons sous aucun prétexte franchir la porte des salons. Dolores, la petite nonne, est maintenant notre sœur ou notre mère et notre rempart contre le monde extérieur. Les journées sont douces dans cet îlot retiré du monde. Les saisons passent. Le Marquis est le plus souvent absent. Moi-même et mes frères y vieillissons un peu. Nous attendons sans trop y croire des jours meilleurs. De l'oncle Manoel, nous n'avons plus eu de nouvelles. Il n'est pas mort en tout cas, peut-être est-il parti vers les Indes occidentales ? Par deux fois, un frère minime est venu nous trouver, en grand mystère, nous glissant, après la confession, quelques pièces. De l'oncle il ne voulait ou ne pouvait rien dire, sinon qu'il n'avait qu'un message de sa part. Dites à ma nièce et à mes neveux de ne jamais oublier que l'or, pour un juif, est seul gage de survie.

Je fais la classe à mes frères. Le maître des lieux n'a-t-il pas, en livres et manuscrits, ce qu'il faut pour être dans la clarté du savoir ? Et s'il nous faut un guide, le père Yacinto, l'aumônier de la chapelle a, lorsque nous le lui demandons, de grandes complaisances. C'est une âme forte qui ne cache rien de ses convictions. Il est de la règle de Saint François et en a la rudesse. Il a connu le Nouveau Monde et en est revenu armé d'étranges certitudes. Il ouvre pour nous de merveilleux parchemins et, comme il sait le grec et l'hébreux, ils nous traduit les voyages d'Achille, les malheurs de Samson et le bonheur de Ruth.

Deux pleines années sont passées depuis notre arrivée en ces lieux. Je suis une jeune fille de quatorze ans, je me sens robuste de corps et d'esprit, mais lorsque je me regarde dans une glace je ne me trouve pas belle. Sœur Dolorès me dit le contraire. Mes pommettes sont trop hautes et j'ai beau tirer sur mes joues je n'arrive pas à effacer ces plis qui sont autour de ma bouche. J'ai vu plus de grilles que d'espaces sans limites. J'ai vécu de prison en prison. Cette dernière, la Quinta da Fé, est aimable et douce, mais je sais que nous ne pourrons nous y éterniser.

Le maître n'est pas souvent dans sa maison des champs, ses affaires l'appellent à Lisbonne… Le monde est transparent, la terre du Christ, et même celle des infidèles sont largement ouvertes. Rien de ce qui se fait à Rome, en Flandre, en Provence ou dans les Indes du couchant ne doit échapper à l'œil des puissants.

Quand José Camilo revient dans la Quinta, il me fait venir dans son grand salon. Je me love auprès de la cheminée. Il est dans son fauteuil damassé et caresse mes cheveux. De sa voix sourde et lente, il m'explique. Pour l'heure, nos affaires vont bien tant dans le Douro, où les vignes donnent ce vin que le monde entier s'arrache, qu'à Porto, d'où l'on commerce avec les nouvelles possessions. Le monde désormais est devenu plus vaste et plus prospère. Il faut être partout à la fois. Mon maître soupire, mais à la façon qu'il a d'honorer les manuscrits enluminés qu'il détaille pour moi, il me semble confiant, et je me risque à lui poser des questions. Et de nous-mêmes, qu'en est-il, mon bon Maître ? Qu'en sera-t-il ? Hélas, le sourire de José Camilo disparaît… Le Saint-Siège doit avoir ses espions et le roi Jean les siens. Cette terre chrétienne est toute faite d'yeux et d'oreilles et, si l'on ne voit pas, c'est qu'on ne veut pas voir.

Pour l'immédiat, on ne voit pas encore les enfants de ces juifs que l'on a pris et condamnés. Mais de par leur condition, il y a de gros risques à les laisser loin de la portée de main des saints tribunaux. Si vous aviez la chance d'être pauvre, d'humble condition et fils d'obscurs hérétiques confinés dans leur campagne peut-être n'auriez vous pas trop de mal à échapper au bras miséricordieux de l'Eglise. Et bien oui, ma fille, en ce bon royaume de Portugal, on laisse vivre en leur judarias les juifs pauvres. Tu en as vu passer quelques-uns, ils survivent comme ils le peuvent, paysans sans terre, éleveurs de trois moutons, colporteurs, ou tisserands. Qui les connaît ? Ils vivent à l'ombre des montagnes, dans les villages perdus du Tras-os-Monte. Leur singularité mérite quelques vexations, mais ils sont libres de suivre, en ces vallées, ce que l'on considère comme des rites exécrables. A Lisbonne, à Braga, à Viseu, ceux que tu sais n'oublient pas de surveiller les familles qui ont encore du bien, où qu'il soit : sous le soleil ou dissimulé dans des jarres... Mais ne t'inquiète pas, ma petite Léa, vous ne courez ici aucun danger. Personne, personne n'oserait ! La voix de l'oncle se veut ferme et rassurante, mais je vois bien que ses mains se crispent sur les pans de son manteau. Quels ragots, quelles mauvaises paroles sont-elles parvenues aux oreilles de notre protecteur ?

Serions-nous de quelque intérêt pour ceux qui veillent ? Nous ne sommes pas bien riches, nous-mêmes, les quelques pièces d'or que je cache sont peu de chose... Mais peut-être, là-bas, à Lisbonne, certains se souviennent-ils de notre splendeur passée. Notre famille, n'était-elle pas l'une des plus en vue dans la péninsule ? On doit imaginer que nous avons des cousins et des oncles dont on pourrait, en nous interrogeant, découvrir l'existence. Ce monde chrétien offre peu d'asiles aux hérétiques, surtout s'il leur reste un peu d'or. Le père Yacinto, notre bon aumônier, n'a pas la langue dans sa poche. Il ne nous cache rien. Il sait lire entre les lignes dans les écrits et les ordonnances qui lui parviennent de l'évêque de Braga. Il interrompt nos lectures d'Horace pour nous mettre en garde. Les chasseurs ne manquent pas. Voilà mes enfants ce qui se chante et s'écrit aujourd'hui : « En chaque paroisse, un prêtre et deux ou trois laïques de bonne réputation ont fait serment de rechercher exactement et fréquemment les mécréants et les mauvais chrétiens parjures et relaps dans les maisons, les caves et tous les lieux où ils se pourraient cacher et d'en avertir promptement l'évêque, après avoir pris leurs précautions afin que les hérétiques découverts ne puissent s'enfuir ». Bien sûr, ici ou là, il se trouvera des voix charitables pour appeler à la clémence sur les enfants des coupables. Mais que l'on ne compte pas trop sur la miséricorde. Il est partout de bons docteurs pour exhorter à ne point adoucir cette sévérité, puisque, « par les lois divines et humaines, les enfants doivent être punis pour les fautes de leurs pères ».

Ces enfants doivent partir et au plus vite, dit le père Yacinto à notre bon maître. José Camilo a-t-il entendu ? Il est pale et défait. Un monde, le sien, qu'il croyait solide, s'est soudain effondré. Il se tourne vers la cheminée. Son front heurte par trois fois le tablier de marbre.
— Le père Yacinto est plus clairvoyant que moi, vous partirez, dit José Camilo. Je prendrai mes dispositions pour que cela se fasse au plus tôt, tant que sont effectives les dernières protections dont je bénéficie encore.

CHEN

J'ai de grandes chausses à mes pieds faites de bois d'arbre rouge et de peau de renne. J'ai un couteau long et un couteau court et des nourritures aussi pour cinq jours de marche et de vie. J'ai une pierre de silex et de la bonne mousse sèche pour mes feux, des liens de peau tressée et aussi de bonnes plantes pour ma boisson. J'ai aussi des plantes pour la fumée et le bon sommeil. Du côté des monts ne vient que silence et ciel calme. La journée sera longue. Je suis parti au soleil premier, ma femme et l'Amghar-chef ont fait les feux et les fumées de bonne protection. Je suis vite arrivé dans la grande forêt aux arbres noirs, le chemin était facile et la terre molle sous les pieds, j'ai trouvé ma nourriture sur les buissons, de bonnes baies rouges, des baies noires et les gros fruits de l'arbre à épines.

Arrivé col du vent du froid, j'ai vu les Pierres-Dressées-Soleil en limite et en interdit. J'ai vu les grands tas de pierres où chacun met la sienne et moi aussi j'ai placé mon offrande. Je sens un bon souffle en ma poitrine et mes jambes sont bonnes. Pour ma chance, le vent n'est pas au col et je vois que le jour est encore long avant la nuit. Le silence est grand. La montagne noire est devant moi. La peur est dans mon ventre. La peur forte et j'ai un grand tremblement. L'eau naît dans mes yeux de peur et les eaux coulent de mon ventre de peur. Je vois tout le chemin que j'ai parcouru et le village des Hommes semblables. Mon village est maintenant petit et loin. La plaine blanche est vide. Et mon village est comme une petite feuille perdue dans la plaine grande. Dans ce village, il y a cette femme mienne, et mon foyer. L'eau encore est dans mes yeux de grande peine.

Je vois maintenant des nuages noirs derrière les monts. Je veux retrouver mon courage et ma force. Je suis assis sur la Pierre bonne, qui est dressée vers sommet. En vérité, cette pierre est bonne et de bonne protection. Cette Pierre gravée donne à l'Homme courage et force. Je vais attendre. La nuit est proche. Je vais attendre en cet abri, dans cette caverne petite. Je trouve une source dans la caverne avec une eau fraîche et douce qui coule sous les pierres. Trouvé deux de ces nourritures qui sont comme des doigts sous les pierres du ruisseau, deux qui remuaient avec leurs pinces et leur queues, l'une grande et l'autre petite. J'ai pris aussi un oiseau des cavernes, de ceux qui ont de grandes ailes molles, c'était un grand oiseau gros comme le bras. C'était là de bonnes nourritures. J'ai fait mon feu avec le silex et la mousse sèche. L'oiseau était bien cuit dans la fumée. J'en ai gardé une part dans des feuilles roulées. La peur et le tremblement sont partis. Dans le feu, j'ai fait naître une fumée bonne avec mes herbes de protection et d'ivresse. J'ai bien dormi dans cette caverne avec des grands et bons rêves. Une nuit puis un matin. Ma force et mon souffle étaient bon dans ce nouveau jour. J'ai regardé une dernière fois mon village loin dans plaine blanche. J'ai pensé très fort à ma femme douce dans mon foyer.

La Pierre dressée est derrière moi, maintenant. Le soleil est haut, il n'y a pas de vent.

Ma route est sans peur dans le matin glacé. Mon chemin est facile à voir. La neige a été tassée par les pieds des Hommes, par les pattes des bêtes enlevées, par les traces des Eff tirés par les Hommes. Longue est cette route, elle tourne retourne et tourne. Je descends. La neige devient molle, elle est semée de pierres, ensuite la neige est finie, le sol est de pierre et de terre. Le chemin est visible encore. Je lis les pieds dans terre, traces de pieds d'hommes, de femmes et la trace petite des pieds d'enfants. Suivre ces traces est facile. C'est une grande marche. Mes jambes sont sans fatigue. J'ai trouvé sur mon chemin de bonnes nourritures, des baies et des fruits murs. J'ai mangé aussi ce morceau d'oiseau fumé que j'avais gardé dans des feuilles.

Le jour tombe, la terre est sèche maintenant et mon chemin est difficile à voir. Où marcher ? Le soleil bas. J'ai aperçu des traces de griffes. Un animal, un ours peut-être, ces traces ont quatre ongles. Cet animal est mauvais à rencontrer. Il me faut trouver un abri. Tourner, chercher. Il n'y a pas ici de rochers, ni de cavernes. Le seul abri est dans un arbre.

J'ai trouvé un arbre bon, avec une branche longue et plate sur laquelle j'ai pu m'étendre. J'ai fait un feu au pied de l'arbre et sorti mes couteaux. La nuit a été longue et sans rêves. Il faisait froid un peu et je sentais, loin de moi, la bonne protection. Une nuit est passée et le matin s'est levé.

J'ai repris ma route. Mais les traces étaient rares. Il fallait les chercher retourner sur ses pas, repartir. J'ai trouvé ces traces dans un arbre choisi, un arbre couché et tordu avec des épines. L'arbre était protecteur et il portait des cheveux de femmes en boule, des liens et des ornements. Ici, les femmes étaient passées et avaient fait comme font les femmes pour la bonne protection et l'enfantement.

Je me suis mis à marcher tout devant. La rivière était dans le creux. La vallée était couverte de brouillard. La terre était de nouveau humide et les traces faciles : les herbes étaient couchées, des branches cassées et près de la rivière étaient les restes de plusieurs feux. Ici, était le lieu d'attente et de repos pour ces Hommes non semblables. Je voyais que de nombreux Hommes avaient mangé, dormi, pêché des poissons, cuit leurs aliments, caché leurs déjections honteuses. Ces traces dataient de peu de temps.

Mais je ne pouvais plus avancer. La rivière était haute et large. Quand j'ai craché dans l'eau j'ai vu que le courant était fort. Cette rivière était trop forte. Comment passer ? Mes liens étaient trop courts pour lancer un chemin de rive à rive. Attendre ? Mais le soleil était encore bien haut. Mieux passer avant nuit. La peur et le tremblement m'ont repris, mais j'ai mâché quelques herbes de bonne force et de bon courage. J'ai cherché un gros tronc d'arbre sec. Je l'ai cassé puis tiré et poussé, poussé encore jusqu'à la rivière. Fatigue ! Je l'ai tourné et glissé dans rivière. J'ai lié une lourde pierre sous le tronc pour tenir ce bois droit et ferme, sans qu'il puisse tourner dans l'eau comme les branches folles. J'ai noué tout mon bien sur cet arbre, tout bien serré de liens, tressé et couvert grandes feuilles lisses et de larges morceaux d'écorce. J'ai lancé le tronc dans rivière. Je le tenais bien avec mes bras. La rivière devant moi tournait un peu, c'était bien, et le chemin se trouvait plus court. Je faisais comme le poisson avec les jambes en haut en bas, en haut en bas. La terre me venait proche. Le tronc glissait sur le sable.

C'était bien. C'était la fin de la peur et maintenant le rire et le plaisir me prenaient et je me mettais à crier. Bonne protection sur l'Homme véritable. Joie pour lui et oubli du mal.

Le soleil était encore haut mais la fatigue était grande. J'ai trouvé un abri ancien et bien construit, un abri pour le passage des Hommes non semblables. Tout autour les traces étaient très abondantes. Il y avait eu des passages d'animaux nombreux et différents qui eux aussi étaient venus boire à la rivière et déféquer partout. Il y avait les petites boules des chèvres des monts, celles rondes et plates des rennes, les grandes plaques des déjections sèches des bêtes avec de larges cornes. Cet abri ancien était bon pour moi. L'eau de la rivière était bonne. J'ai fait un feu et j'ai cherché des poissons, mais les poissons ici étaient malins et rapides. J'ai trouvé seulement de ces escargots des rivières et des petits crabes. La nuit est venue, j'ai respiré pour l'ivresse et la protection la fumée des bonnes herbes. J'ai eu un bon sommeil avec des rêves nombreux et sans peur. Une nuit de nouveau et un matin.

YACHIR

Sœur Bénédicte s'est éloignée, elle reviendra. Je longe le grillage. La queue est longue devant moi, elle s'étire en paquets silencieux. Je vais essayer de rester en arrière de cette file d'hommes. Qui sait ? Il y a tant de façons de disparaître… L'eau est partout. Pluie ou brume, eau de mer ou larmes, on ne fait plus la différence. Ce n'est que plus loin qu'un toit de fibro-ciment protège des liquides environnants. Cent mètres encore, lente marche. Mer et ciel crachent au visage des vivants. Vivant, l'autre ne l'est plus, le passeur, celui que j'ai, tout à l'heure, poussé dans l'eau. Il était gros. Tout de suite disparu sous le plat bord. Son gourdin m'avait frappé quand j'ai dû tourner la tête. La lumière du phare giclait, la vedette venait vers nous. Tu vas nous dénoncer, hein toi, le Kurde. Tu vas leur parler, fils de pute, tu vas nous balancer… Voilà ce qu'il m'a dit ce chien de Kemal et son gourdin qu'il tenait serré entre ses genoux depuis le début du voyage a volé vers mon crâne. Il faisait plus attention à son gourdin qu'au bidon d'essence. Le gilet, le seul trouvé à bord, bien tenu sous ses fesses… Il n'a pas eu le temps de le prendre…
Odeur de la soupe à portée de narines, maintenant. Ramasser un sac en plastique et se le nouer sous le menton. Des femmes sont là, elles vont, elles viennent. Premières mains à vous effleurer, premières à se poser sur votre épaule pour vous rajuster la dignité. Pour vous faire avancer aussi vers les baraques, la lumière, les tampons, les questions. Premières questions, déjà, venues avec la femme en bleu, son calepin et sa lampe frontale. What's your name ? Do you speak Italian ? Greek ? Ma bouche répond My name is Yachir. I come from Diyarbakir. La première main demande. Non hai freddo ? Capisci quello che ti dico ? Vuoi mangiare ? Puoi aspettare ? Tout à l'heure, on lui a porté un bol de soupe. Maintenant c'est la bonne odeur du pain chaud. Devant, c'est

devant tout ça, avec la chaleur, la lumière, et le lit qui viendra, le poêle, la couverture tendue, et un toit pour couvrir le tout. Mais ce sera l'entrée de la nasse, le piège se refermera. Demain, dans trois, dix ou quinze jours, passés les interrogatoires et les photos, on nous remettra dans un avion, dans un bateau...

Sœur Bénédicte est de retour, elle reprend son chant. Petite voix qui panse et qui berce. Elle vient du Liban, ses frères, Elias, son petit mort noyé dans les cendres, là-bas face à Saint Damien... On me pousse. Je voudrais rester en retrait. Se laisser glisser peut-être vers ce sol boueux, s'adosser aux grilles ? Mais la soupe ? Ça se bouscule tout devant, il faudrait se battre pour arriver au guichet. On pourrait aller vers cet îlot de chaleur qu'on voit briller, ce demi baril dans lequel on a mis le feu, un bon feu de nuit autour duquel vingt corps se serrent. Je ne veux plus avancer, je me plie en deux, mes genoux tiennent en mes mains croisées et je fourre ma gueule au milieux de mes cuisses. Ca fait toujours un petit nid. Un temps. Sœur Bénédicte se penche vers moi, elle s'accroupit à même le sol. Elle me parle, je n'entends pas. Elle dit, elle parle encore de la bête affamée qu'il y avait, là bas, sur les collines du Chouf, elle parle de nouveau de ses frères morts dans ces collines là. Yachir, Yachir, comment c'était chez toi ? Sœur Bénédicte et sa petite voix d'enfant, elle parle, elle parle, ça fait un moment qu'elle parle. Je ne l'entends plus. Est-ce qu'elle va bien sœur Bénédicte dans son uniforme bleu et brun ? Oui, elle va, elle va ! Elle s'interrompt pour un petit rire et puis elle reprend. Il y avait cette guerre, il y avait ces mines, il y avait les armes que ses frères avaient enterrées, c'était dans les collines, juste devant l'église abandonnée. Le frère jeune, son corps était retombé en morceaux, il avait fallu le traîner en pièces jusqu'à ce trou qu'ils avaient fait. Il y avait toujours ce bruit et cette cendre, des jours et des jours, et des nuits sans fin avec l'autre de frère, celui qui allait et venait, celui qui portait ces caisses, celui que les autres cherchaient et qu'on ne trouvait jamais... Et toi, Yachir, et toi ? Il y a aussi ce bruit chez toi ? Et cette cendre et cette bête qui vient la nuit avec ses dents, son gros visage de chat affamé ?

Je suis resté à trente mètres en retrait. La longue file se résorbe lentement. Cette femme me cache, elle s'est accroupie près de moi.

Elle me tend un grand morceau de pain avec de la viande et une pomme. Sa main est sur mon front, elle caresse la bosse, sur la nuque et sur le cou. Elle prend ma main et me tire vers l'obscurité, vers les marches qui conduisent au ponton. Vieni, vieni qui, Yachir…Vieni, n'aie pas peur, non aver paura. Dans le grillage qui ceinture le camp, une large déchirure apparaît. Il y a eu une entaille et, au-dessous, la terre a été creusée. Vieni, Yachir. Io so quello che vuoi. Elle défait le nœud de fil de fer qui maintient fermée l'ouverture, elle me pousse à l'épaule. Vai di là, sempre dritto, vai fratello ! Ce n'est sans doute pas la première fois qu'elle fait ça. Elle connaît le désir de ces hommes, ce qui les a poussés, à contre-mort, jusqu'ici ! Je me glisse sous la grille de fer que cette femme soulève comme une jupe. Je m'enfonce dans l'obscurité vers l'endroit qu'elle désignait. La nuit est noire, le vent s'est levé. Presque toute la file d'hommes a été avalée sous les hangars. Je me suis évadé.

Adieu, Bénédicte.

Delta

Idder est au-dessus d'Idder maintenant,
planant, deltaplane
que le vent d'après la mort conduit.
Un homme marche sur la route,
c'est lui...

C'était lui, continuant sa route droit vers le Nord, droit vers l'exil en terre d'Europe. Il vient de quitter l'orangeraie où il a travaillé quelques petits jours. Il se trouve au lieu dit « Kilomètre 44 ». Dans sa poche gauche, il tient, bien serrés, les deux cent quatre vingt cinq dirhams que lui a donnés le Cabran Aomar qui lui a extorqué un petit peu d'argent, c'est normal. C'est dans cette ferme qu'il a connu une mesure de bonheur et Malika aux lèvres si rouges... Idder peut virer de bord, poursuivre droit devant dans le vent du soir, surfer de quelques courbes au-dessus de la mer violette et s'en aller droit vers l'ailleurs, une courbe encore et il se voit en cette crique... Une petite crique, avec un bout de plage grise et caillouteuse, avec une cahute en bois, vieille réserve pour matériel de pêche. Par la porte entrouverte on sent une odeur de cuisine. Entre, petit, dit une voix dans la demi-obscurité. Le vieux Babbas lève à peine les yeux... Il est assis sur une montagne de filets de pêche. Il coud, il fait aller et venir une grosse aiguille. Près de la porte est posée, sur son réchaud, une marmite où cuit un ragoût... Le plat mijote, la barque est en attente, museau vers le large, ici même, en bout de crique. Tout va pour le mieux. Idder peut quitter le plateau, l'éclairage est bon : fin d'après midi, veiné d'indigo. Tout est en place, décors, costumes. La musique, viendra en son temps...

Trois tours permettent de descendre presque en rase vagues au-dessus
de l'eau.

C'est le matin, très tôt, juste après l'aube,
Le vent d'ouest est régulier, sans risées.
Ce n'est que tout près de la terre que la houle se casse en écume
bourbeuse.
Une frange ininterrompue et jaunâtre caresse le rivage…
Une dernière volte et l'on survole une grande plage de sable brun.

Ici, c'est le lieu de la scène capitale (dernière scène de l'acte III). L'éclairage est rasant, ce qui accentue sur le sable qui commence à rosir, les reliefs et les éléments rapportés. Dans les alentours, on peut relever la présence de traces de pas sans doute récents car la marée est maintenant descendante, la présence également de nombreux objets de flottaison dont l'ensemble permet de supposer un naufrage : de nombreux morceaux de bois sont éparpillés sur quatre cents mètres environ, provenant d'une barque de couleur rouge (type felouque). Cette barque a été fracassée à la proue, elle semble avoir dérivé et s'être finalement échouée sur un banc de sable. D'autres objets, provenant probablement de ce naufrage, se sont échoués, notamment un réservoir d'essence (vide), plusieurs pièces de vêtements et quelques accessoires, musette, morceau de valise en similicuir, plumier…

Il faut faire un tour de plus et s'immobiliser à quelques pieds de hauteur pour voir les détails de la scène et y faire entrer les éléments proprement humains du spectacle. A savoir, trois corps d'individus de sexe masculin qui sont ainsi répartis : à l'arrière de l'embarcation un homme d'une trentaine d'années, noir, de type africain ; près de lui, un homme d'une soixantaine d'années, assez corpulent, et portant de nombreuses cicatrices anciennes ; plus loin, à soixante mètres environ de la barque et vers l'intérieur des terres, un jeune homme d'environ dix-neuf ans, de peau mate et aux cheveux légèrement frisés. Des traces de pas nettement visibles laissent à penser que le décès de ce troisième individu n'a pas été immédiat mais que, encore vivant, il aurait tenté de marcher. La mort de ce jeune homme pourrait être due à une blessure. On note en effet au niveau de la région temporale une large plaie contuse. Cette plaie continue à saigner…

CHEN

Au matin, avant le lever du soleil, je me suis beaucoup gratté. Les petites petites bêtes étaient nombreuses dans cet abri des Hommes non semblables. Ces bêtes du corps des Hommes m'ont beaucoup mordu. Dans la rivière je me suis bien lavé avec du sable et des feuilles de l'arbre aux senteurs. Bien lavé et frotté et laissé le soleil sur mon corps. J'ai bien battu mon costume de peau et je l'ai tenu sur le feu et la fumée. J'ai repris la route suivant les traces nombreuses. Combien d'Hommes étaient passés sur ce chemin ? Plus nombreux que les oiseaux ! Un grand passage. Ce peuple d'Hommes qui ne nous sont pas semblables est une multitude qui ne peut-être comptée. J'ai marché et marché toujours, montant et descendant les collines. J'ai trouvé une petite forêt avec des arbres ou étaient placées des niches construites pour les mouches à miel. J'ai compris que l'Homme était proche. Et quand je suis sorti de la petite forêt j'ai eu une grande joie. J'ai vu le grand, très grand village. J'ai vu que les Hommes non semblables étaient tous ici nombreux comme les étoiles du ciel. Et il y avait aussi une grande multitude d'animaux.

Le village était un grand cercle avec abris pour tous, placés un et un et un, comme les graines dans la fleur du tournesol. Il y avait aussi, à la sortie du village, un grand abri, une case pour les animaux, près de la rivière et de la forêt.

Toutes ces bêtes étaient bonnes, il y avait les chèvres des monts, et les chèvres des terres basses, et des rennes et ces aurochs aux grandes cornes qui donnent un lait abondant et doux. Il y avait aussi quelques-uns de ces animaux comme le sanglier mais qui ont une peau rose sans poils et qui sont mauvais à manger. Je suis resté longtemps et j'ai beaucoup vu. J'étais fatigué de rester sans bouger, caché dans un buisson où j'avais du mal à me tenir. J'ai vu, mais eux, les Hommes, ne m'ont pas vu. J'ai vu la vie comme elle est en ce village. Ils font des groupes, à plusieurs, comme la main. Chacun de ces groupes allait sa route. J'en ai vu partir pour la chasse et d'autres partir à la rivière pour le poisson. J'ai vu ces Hommes revenir avec leurs charges. J'ai vu aussi un Homme grand et vêtu comme chef prendre les nourritures dans les abris et les donner à chacune des femmes comme un père à ses filles. Graines, racines, herbes. Les femmes prenaient les nourritures et les portaient en leur abri. J'ai vu ces femmes partout, ce sont elles qui partent prendre l'eau, prendre le bois dans la forêt, ce sont elles qui écrasent les bonnes graines en les tapant pierre contre pierre, ces sont aussi les femmes qui allument et cuisent sur leurs feux. Les animaux vont en grand petit nombre. Les troupeaux partent avec seulement un enfant ou une femme encore petite pour les conduire. Ils s'en vont, le matin, pour faire manger les animaux et s'en reviennent, le soir, les conduisant dans leurs abris.

J'ai tout vu et compris du village de ces Hommes. Dans le centre, sur la grande place vide, de terre blanche, il y a un abri, comme une caverne. Il est fait d'un grand rocher tout plat, couché sur des pierres dressées. Sur cette place ronde je vois la nuit de grands feux et fumées, et des bruits aimables, des bruits et des chants que font tous ensemble les hommes et les femmes. A force de voir et de voir encore, mes yeux étaient pleins d'eau et de fatigue. Le sommeil est venu. J'ai trouvé un abri dans un arbre bon qui avait deux branches plates J'ai garni ma couche de rameaux et de feuilles. J'ai mangé un peu de nourriture et fumé des herbes pour l'ivresse. Long sommeil avec rêves, une nuit est passée et venu le matin. Je suis resté à l'affût, encore plusieurs nuits et plusieurs matins pour bien comprendre qui étaient ces Hommes non semblables. J'ai vu les Hommes ordinaires et leurs femmes, j'ai vu l'Amghar-chef qui commande et punit. J'ai vu l'Homme-noir chef qui ordonne les chants et la fumée et qui tue les animaux pour la bonne protection. Quand j'ai vu cet Homme-noir, la peur et les tremblements me sont revenus. Cet Homme porte des vêtements noirs faits de peaux noires de chèvres des terres basses. Son visage est caché dans la figure d'un ours noir avec yeux grands et rouges de feu. Sa voix est forte. Il parle-chante avec des bruits comme de tambours dans la gorge, ce sont des bruits non aimables, des bruits de mort.

J'ai suivi les chasses des Hommes forts avec toutes leurs armes, les couteaux longs, ceux à lancer et ceux à planter et aussi ces grands bois tendus de liens avec lesquels ils lancent très loin un couteau pointu au bout d'une baguette qui vole dans l'air. Je les ai suivis et je les ai vus chasser les outardes, les lièvres, les chèvres des monts. Tous ces gibiers sont touchés en plein vol. Et les Hommes crient et chantent. Ils reviennent de la chasse, avec des cris aimables et avec le sang joyeux des animaux sur leur visage et leur poitrine… Au retour dans le village, ceux qui sont restés font aussi de grands cris. Les chasseurs donnent tout leur gibier à l'Amghar-chef et à l'Homme-noir.

J'ai suivi aussi les Hommes non chasseurs, des Hommes très jeunes et des femmes jeunes qui vont cueillir et prendre les fruits de la forêt. Ils prennent les graines et les baies noires et les rouges et beaucoup de nourritures que je ne connais pas, des racines et des feuilles. Ils mettent tout cela dans grands liens tressés et liés et ces objets contiennent beaucoup de nourritures et sont faciles à porter.

J'ai toujours fait attention de rester derrière les Hommes chasseurs et les femmes fruits et de prendre sans bruit ma part de nourriture. Je retournais toujours très doucement dans mon arbre abri avant le soleil couchant. De cette place je voyais l'Amghar-chef donner à tous. Prendre et donner à chaque Homme et par foyer. A tous, parts égales, pour le nombre juste vivant dans le foyer. Et une grande part pour l'Homme-noir. Pour lui des animaux vivants et des graines bonnes et des fruits choisis. Et l'Homme-noir sacrifie ces nourritures, tuant les animaux avec un long couteau et jetant dans feu les graines et les fruits aussi avec des chants et des bruits aimables.

J'ai bien vu et appris beaucoup. Et suis resté, en cet endroit que j'ai dit, encore quelques nuits et quelques matins.

LEA

Nous avons dû repartir. Nous avons profité de ce vendredi des cendres où les hommes de Dieu se doivent de n'être qu'à Dieu. Aidée de Dolorès, j'ai vite roulé toutes mes richesses qui tiennent maintenant en un vilain ballot. Je me suis habillée comme une dévote. Un voile couvre ma tête et une croix de bois orne ma poitrine. Je suis de toute façon « bonne chrétienne ». Mon allure et mon maintien n'ont rien qui puisse faire suspecter la part de diable qui est en moi. C'est frère Simão, le prêcheur de la chapelle du Marquis qui m'accompagne. Il ne connaît rien de moi sinon que je suis une nièce de son Maître, qu'il ne faut pas qu'on me reconnaisse ni qu'on nous interroge. Ce novice est d'une grande beauté, presque féminine, qui sans que je sache pourquoi me trouble et m'attendrit. C'est un être délicat et rougissant. J'ai beau — Dieu en est témoin — n'avoir aucune pensée impure, lorsque je l'aperçois, je rougis aussi. J'ai maintenant presque seize ans. J'ai pris bien soin de me vêtir de vilaines nippes, on voit pourtant sous mon voile que je suis une grande jeune fille aux allures de femme. J'essaye de me tenir loin de lui mais ce n'est pas toujours possible. Lui-même, pauvre jeune homme, se réfugie dans la lecture. C'est sans doute une grande inconscience de la part de José Camilo de nous avoir confiés à une personne si jeune et dont la vocation n'est sans doute pas encore bien ferme...

Nous avons couvert en trois jours le chemin de Porto. Les auberges ne manquent pas sur cette route et la recommandation du Marquis nous a ouvert toutes les portes. A chaque étape, le jeune abbé s'enfermait dans sa chambre refusant de s'alimenter. J'entendais des coups sourds et répétés. Le pauvre homme a dû mortifier sa chair tant la concupiscence était impérieuse en lui. Moi aussi, j'ai prié pour notre salut. A Porto, il a fallu attendre plusieurs jours qu'un bateau soit prêt à partir. Il était dangereux de prolonger notre séjour dans les auberges. Et puis, sans l'exprimer, Frère Simão ne désirait pas vivre plus longtemps dans les affres d'une trop grande proximité avec moi-même. J'ai bien vu qu'il n'en retirait que trouble et confusion.

Les hiéronymites nous ont reçus sans questionner. Si ce bon frère conduisait ces personnes, lui qui est un familier du Marquis, il n'y avait pas à demander quoi ou qu'est-ce. Les portes de leurs couvents sont ouvertes aux pêcheurs. Les hiéronymites ont l'expérience des âmes étrangères. Les âmes de ces enfants ne doivent pas être plus noires que celles des Indiens ou des Nègres dont on leur a donné la charge dans le Nouveau Monde.

Ce sont des jours de retraite forcée. Nous tâchons de nous montrer en ville le moins possible. Il n'y a rien d'autre à faire, en attendant le bateau qui doit nous mener en France, que de lire les écritures et de marcher dans les allées du cloître à l'heure où elles nous sont ouvertes. Je retrouve dans ses moments de solitude un peu de ma jeunesse recluse. Les pavés sonores du couvent ravivent mes blessures d'enfance, le ciel lointain, les portes fermées, les grilles. Mes frères ne comprennent pas que l'on soit toujours obligés de se cacher. Miguel surtout s'impatiente. Pourquoi tant de dissimulation ? Rien ne nous arrive lorsque je me sauve pour courir dans les marchés des environs. Je le sais, Miguel. Mais je sais aussi d'autres choses. Je suis la mémoire de notre famille. Je dois vous transmettre ce terrible savoir avant qu'il ne soit trop tard. Beaucoup de ce que je vais vous dire m'a été transmis à mots couverts par notre maître et plus encore m'a été dit tout clair par Yacinto, qui avait la voix forte et parlait sans ornements...

A petites touches, j'apprends à mes frères la vérité sur notre passé, ce passé qu'on les a contraints à oublier, à travestir. Voici dix ans que nous vivons une existence opaque dans le mensonge et la dissimulation. João, Miguel, il faut que vous sachiez. Vous devez vous préparer à supporter l'insupportable. C'est désormais notre lot commun. Le lot commun de tous les juifs et de tous ceux qui l'ont été un jour. Mais nous sommes chrétiens, Léa ! Oui, chrétiens nous sommes et nouveaux, mais depuis que le Cardinal Cardenas a étendu sa main sur le Portugal, notre existence est devenue bien plus amère. Ce n'est plus un secret, le cardinal est un homme de grands appétits. Il a besoin d'or plus encore que ses prédécesseurs. On dit partout de lui qu'il est habile à faire « jaillir les écus ». Il doit aussi sa part à la sainte Eglise de Rome. Il a aussi des comptes à rendre aux envoyés du bon roi Manuel. Tout ceci n'est pas un arrangement d'alcôve ou de sacristie. Il est question de pouvoir et d'argent et non d'âmes à sauver. Nous avons bien été baptisés et re-baptisés, mais même si nous l'avions été par le Baptiste en personne cela ne suffirait pas. Ceux qui nous poursuivent ont faim. Il faut faire vite. Cardenas cherche dans les villes et dans les ports. Il n'est pas homme à attendre le temps des vendanges. Sa poigne, si elle tombe sur nous, sera implacable.

Il y a longtemps (si peu de temps, en réalité), nos parents ont pu vivre une existence presque normale en Espagne. Il suffisait de dire que l'on renonçait à l'abomination de notre foi mauvaise et que d'un cœur sincère et d'une voix non feinte on embrassait le christianisme. Les inquisiteurs se contentaient de cela. S'ils se faisaient trop insistants, un peu d'humilité et une petite somme d'argent parvenait à les calmer. Mais la reine Isabelle n'a été rassasiée que l'espace d'une saison. Nos parents et avec eux tous les juifs d'Espagne ont été poursuivis, découverts, confondus et expulsés. Beaucoup ont suivi les musulmans vers le Maroc. Mais pour beaucoup le Portugal semblait être un havre possible. João II, « le parfait », nous y recevait. Les juifs étaient autorisés à reprendre leurs activités et leurs commerces.

Les parents ont cru que la tolérance et la concorde allaient durer dans ce pays. Ils se sont installés à Lisbonne. Ils y ont vécu quelques petites années de paix. Ils ont ouvert leur bourse et leur porte à ceux qu'ils croyaient différents des Castillans. Mais à la mort du roi João, Manuel I avait besoin de donner des gages à l'Eglise et la meilleure façon était de reprendre contre nous les persécutions. Invention admirable, la « limpieza de sangre », la propreté du sang a permis de s'en prendre à tout le monde. Rien ne servait de prouver sa conversion. Bien au contraire, les conversos risquaient plus encore que ceux qui ne s'étaient pas résolus à franchir le pas, ils étaient les proies les plus recherchées, les plus appréciées des inquisiteurs. On pouvait les suspecter d'être relaps et de judaïser en secret…

La chasse, depuis, est ouverte et il n'est pas de jours où l'un des nôtres se trouve pris dans les mailles du filet de la Sainte Institution… Nos pauvres parents se sont cachés, puis ont été découverts. D'habiles hommes de loi ont réuni ce qu'il fallait de témoins pour prouver leur qualité de mauvais chrétiens retournés à l'abomination. On les a spoliés de tous leurs biens. Ensuite, on les a remis au bras séculier. Le père a été brûlé et la mère a fini dans les geôles de Lisbonne d'où l'on ne revient jamais. Voilà ce que j'ai tu pendant dix ans, voilà ce qu'il fallait que je vous raconte. Une grosse part de tout cela, je l'ai apprise dans ma propre chair, au fil des jours. Le reste m'a été révélé par ceux qui nous ont protégés et qui nous ont permis de parvenir jusqu'ici. João, tu as vécu toi-même, dans le silence, une bonne part de cette aventure, mais toi, Miguel, en as-tu le moindre souvenir ? Ni l'un ni l'autre ne disent mot, ils cachent leurs visages dans les plis de ma robe. J'ai frappé avec violence, leur révélant d'un seul coup ce qu'ils auraient dû apprendre, jour après jour. Mes frères se sont retrouvés riches d'un lourd passé dont ils devinaient bien quelques bribes, mais j'ai dû leur ouvrir toutes grandes les portes de notre histoire commune. Le fallait-il ? Je ne le sais pas…

Au fond, peut-être, ne risque-t-on plus rien, peut-être tant de précautions sont-elles superflues, mais l'on vit aujourd'hui le triste temps des dénonciations. Dans le port où nous sommes, les espions ne doivent pas manquer. Tout le monde suspecte tout le monde et accuser les autres est le plus sûr moyen de faire oublier que l'on a soi-même une bonne pinte de sang impur, juif ou maure et pour certains un peu des deux.

Et l'oncle, demande João ? De l'oncle Zé Manoel on ne sait plus rien. Il n'a plus donné de nouvelles. José Camilo devait en savoir davantage, mais il ne m'en a rien dit. Sans doute, que Dieu l'assiste, a-t-il pu gagner le Nouveau Monde.

Le bateau que nous devrons prendre est en rade à Porto. Dans peu de jours nous serons en France. João, Miguel, venez, il me reste une dernière tâche à accomplir. Je dois vous montrer ce qui nous appartient : ce qui nous permettra, si Dieu le veut, de survivre. J'ai ouvert mon ballot. C'est une méchante pièce de drap usée et sale, roulée comme une tenture, mais j'y ai caché nos richesses. Il y a trois rouleaux de deux livres de pièces d'or. C'est la petite fortune que nous a laissée l'oncle. Une bonne partie vient sans doute de nos parents et le reste est un don de l'oncle, une assurance contre l'extinction de la famille. Il y a là des ducats de Venise, de bons écus et des maraboutins. Je n'ai pas pu garder les aiguières et les chandeliers et, encore moins, ces parchemins qui attestaient de nos possessions à Séville ou à Lisbonne. J'ai fait don de tout cela au Marquis qui a tant fait pour nous. José Camilo est homme d'honneur. Il a énergiquement refusé et puis je lui ai dit de garder ces richesses pour en aider d'autres, s'il le pouvait… Ai-je eu tort de le faire ?

Tout est à nouveau rangé et bien serré. Le capitaine du navire vient à notre rencontre, il nous accueille en personne. Il a été dûment payé. Il y aura pour nous une cabine à l'écart. On ne sait pas quelles sont les fortunes de mer, et encore moins celles que nous réserverons ces terres très chrétiennes où, dans quelques jours, nous débarquerons.

GINO

Ma chère sœur,

Depuis mon dernier message auquel tu n'as pas encore répondu, la situation, ici, a beaucoup changé. Je t'avais dit que notre coron tout neuf était calme et qu'il échappait aux mouvements qui se faisaient sentir ailleurs. Ce n'est malheureusement plus vrai. Il y a eu, ici aussi, de grosses bagarres et, à cette heure, tu verrais ton pauvre frère : il a un œil comme le cul de la poêle bien noir et bien enflé. J'ai pris des coups et je te jure que je ne sais pas encore pourquoi. Il y a eu, tu en as peut-être entendu parler, de gros problèmes dans un pays au sud de la France qui s'appelle Grémant. Des grèves se sont produites. On a envoyé la police et la troupe. Il y a eu des morts. Les journaux sont pleins de cette histoire. On y voit des images horribles qui font frémir. Les esprits sont bien échauffés et le mien aussi. Mais dans notre région, on n'en est pas arrivé à ces extrémités. Le patron sait ce qu'il faut faire pour calmer les mineurs. Mais comme on dit chez nous Si l'ogre t'offre de la soupe, c'est qu'il a peur de mourir de faim. Ce n'est pas avec une petite prime, des lampes neuves et des images de Sainte Barbe qu'on calmera la colère des hommes. Il y en a beaucoup qui, en pensant aux camarades qui ont été tués là-bas, voulaient déclencher la grève. Ils disaient qu'il fallait montrer qu'on était solidaires et aussi pour réclamer plus de sécurité pour nous. Au puits 24, il y a encore eu une galerie qui s'est écroulée après le passage de la dernière équipe. Dieu merci, il n'y a pas eu de victimes mais si l'effondrement s'était produit seulement une heure plus tôt, on aurait chanté des requiem.
Bien sûr, ma chère sœur, vous ne devez pas, là-bas en Sicile, savoir ce qui se passe dans le vaste monde. Tu n'as pas dû apprendre ce qui occupe en ce moment toutes les têtes. Ces attentats qui ont eu lieu à Paris. Au café Omnibus, il y a eu une bombe. Gare du Nord, on a fait exploser un wagon.

D'autres exploits du même genre ont eu lieu un peu partout. Il se trouve, c'est triste à dire, que parmi les poseurs de bombes il y a eu des Italiens. Il ne faut pas s'étonner, alors, que l'on nous regarde de travers. Parmi les mineurs, beaucoup se sont mis à penser que nous les Italiens sommes des agitateurs et que s'il y a des problèmes nous en sommes responsables. C'est faux, bien sûr, il n'y a que quelques jeunes fous ou quelques vieux carbonari pour jeter de l'huile sur le feu. Ils nous chantent que les fruits sont mûrs. En réalité, les fruits ne sont mûrs que dans leurs têtes. Les malheureux qui sont ici ne pensent qu'à faire un peu d'argent pour nourrir ceux qu'ils ont laissés au pays. Ils ont l'esprit à tout autre chose qu'à la grande révolution. Et puis, les patrons font bien attention maintenant de nous mélanger comme un jeu de cartes. Polonais, Français, Belges, Arabes, Turcs et Italiens, tous bien répartis entre les corons et quelques jaunes qui sont là pour nous dénoncer. On est bien loin de sortir les drapeaux rouges. Ceux qui s'avisent de parler haut et fort, de prêter à qui veut leurs livres de Bakounine ou de distribuer des pamphlets à la sortie des fosses sont des inconscients à qui on permet de jouer leur partie. Je trouve bizarre que le patron les laisse faire. Je me demande s'ils sont tout à fait libres. Ils ne s'en rendent pas compte mais ils servent d'appâts, ils sont juste bons à faire tomber dans un piège les naïfs qui les écoutent. Ça me fait penser à ces leurres que nous mettions dans les champs pour attraper les étourneaux. Enfin, c'est ce que mes pauvres yeux voient et ce que ma pauvre cervelle me dicte. Nous étions nombreux à souhaiter que les esprits se calment, mais il y avait eu mort d'homme à Grémant et, chez nous, des galeries s'étaient effondrées. Révolution ou pas, on ne pouvait pas rester les bras croisés. On s'est réunis, on a discuté et la grève a été votée. Moi-même, j'étais pour cette décision.

Cette grève avait bien commencé il y a deux semaines aujourd'hui. Tout était calme et se déroulait dans une bonne discipline. Il n'y avait même pas besoin de trop de piquets de grève. On se réunissait tranquillement au foyer du mineur. Nos délégués négociaient avec la direction. On était prêt à suspendre la grève. Et puis il y a eu je ne sais quel incident, à l'entrée d'une fosse. Je crois qu'on voulait interdire à l'équipe de sécurité de descendre pour faire son inspection. Des insultes ont commencé à pleuvoir. La première que l'on a entendu (tu dois bien t'en douter) à été celle qu'on servait déjà à notre père quand il est allé travailler à sur la ligne de chemin de fer : Sale rital, sale macaroni, Italien pourri. Les Belges du Borinage étaient ceux qui nous en servaient le plus. Peut-être avaient-ils davantage besoin de leur paye que qui que ce soit. Peut-être aussi y avait-il parmi eux des provocateurs…. Je n'en sais rien. En tout cas, après les insultes, il y a eu les coups de poings et ensuite les cailloux ont volé. La bagarre a duré une nuit. Au matin, les gendarmes sont venus en cueillir quelques-uns, mais pas moi.

A Hazebrook, le travail a repris mais l'ambiance n'est pas bonne. Je sens que nous (enfin ceux de notre petit groupe) sommes catalogués comme anarchistes et fauteurs de troubles et qu'on nous regarde de travers. Et puis, les conditions ne sont plus les mêmes, le patron a nommé de nouveaux contremaîtres qui sont très éloignés de nous. Ce ne sont plus, comme par le passé, de vieux mineurs qui pensaient ce que nous pensions. Ce sont des gens « de la sécurité », des militaires déclassés, juste faits pour surveiller et pour dénoncer. J'ai l'impression qu'un jour ou l'autre on pourrait me convoquer et me jeter à la rue sans préavis.

Autre chose, les heures supplémentaires que l'on nous a demandé de faire pour compenser les jours de grèves ne nous seront probablement pas payées. Cela fait beaucoup, trop même, je crois que je vais lâcher la mine. J'ai une idée de ce que je ferai après, mais je ne t'en dis pas plus encore parce que, comme on dit au pays, Tant que le cochon n'est pas tué rien ne sert de promettre du boudin.

En tout cas, ce mois-ci, je ne pourrai pas vous envoyer plus de cent quarante francs. Vous m'en voyez triste et honteux.

Peut-être, bientôt la roue se décidera-t-elle à tourner. Je pourrai alors, si Dieu veut, vous gâter autant que vous le méritez.

Je t'embrasse et te quitte, ma sœur aimée. Assure notre mère que je suis toujours dans le droit chemin. Serre-la pour moi dans tes bras et dis-lui de me donner sa bénédiction. Lorsque j'aurai le temps et lorsque je serai un peu plus fier de moi je t'enverrai un billet pour ma mère, afin de lui exprimer plus directement mon salut et mon respect. Tu le lui liras avec clarté et lentement, comme elle aime entendre les lettres. Mais pour l'heure, je te laisse le soin de me défendre auprès d'elle et je t'en remercie.

Gino

Alpha

La table, le bois, la table bleu foncé, veinée de quelques traits bien noirs
de graisses anciennes et durcies. Un peu penchée aussi vers la porte en
contrebas. Le café au lait à peine entamé, la cigarette en extrême bord de
table, avec son cylindre de cendre en grand danger de rupture. Le petit
carnet à couverture bleue, bien ouvert sur son quadrillage intact et vierge.
De son index, une fois encore, il vérifie la mine de son crayon, vieux
contact d'enfance, prémisses d'écritures qui viendront ou ne viendront pas
recouvrir les petites pages quadrillées, pages prêtes à dévorer, pages
ouvertes, mais sur quoi ? La phrase initiale se dérobant et puis l'attente.
Embusqué au coin d'un bar malpropre, cherchant le vide qui, comme on
le sait, ne vient jamais. Le vide ! Ce n'est que du trop plein qu'il peut
naître. Ce nouveau carnet toujours glabre. Se recentrer… ! Plusieurs semaines avec cette idée-là. Idéal, ce lieu, pour un recentrement entre, à
gauche, le bar en granito, à droite, la paillasse aux tagines et, de la table
au mur, tout juste les quarante centimètres qui suffisent à ma poitrine
étroite. Minuscule ? Dérisoirement restreinte, cette petite place ? Que
non ! C'est assurément un observatoire de choix que je me suis trouvé !
En ouvrant grands les yeux, ma visibilité y sera totale. Deux mille
personnes au moins sont passées devant moi, sans me voir. Mais je
peux, moi, tout serré en ma chrysalide, observer l'énormité des espaces
qui m'entourent. Vers l'infini devant et l'immensité passée, vers les
mondes enfouis dans l'oubli et ceux que l'on ne veut pas encore
imaginer. Pas l'endroit ? Ce lieu improbable n'est-il pas le centre de
l'aiguille de la boussole. Se recentrer ? Recentrer quoi ? Et qui, moi ?
Chercher l'explication à mes allées et venues, mes fuites successives,
mes échouages… Quelle rigolade ! Au lieu de chercher, comme cela
m'était formellement demandé, le moteur qui fait tourner les migrants…

Voilà que ça continue ! Rien de perdu en route, on traîne encore ses misères. Elles ont passé toutes les frontières et toutes les douanes, bagages en souffrance qui refusent de vous abandonner, bien cachées à tous les regards — c'est qu'on en connaît un bout en planques introuvables — là, juste sous le temporal, dissimulées ! Le Largactil n'en laissait rien voir mais ça se tenait dans les replis... Du calme, Iago, du calme. Aucun danger de rupture. Tout est bien carré, tracé d'œil expert, de main fidèle. Pas le moindre tremblement de sens. On peut y aller !

Se recentrer. Se recentrer ! Mais oui, voyons... Si l'on réapprenait à tourner dans le bon sens. Vieille roue, vieux cercle ! Moyeu vissé à hauteur de l'occiput. Et ça vous fait combien de tours déjà, au compteur ? Girations ! Comprendre le pourquoi de ces rotations les miennes propres et celles cosmogoniques de ces pauvres gens. Le sens de l'universelle migration. La dérive des continents d'hommes. La tectonique des humains migrateurs. Vaste programme qui ne peut naître que dans le cerveau d'un fou, le mien. Il faudrait partir du commencement. Au commencement était le ciel et la terre. Et puis au commencement était mon désir.

Oui, c'est bon, ça doit être par ici que l'on peut s'en approcher, comprendre... Lieu central où rien ne retient. Lieu d'envol idéal. Ici, dans cette ville dite des petits hôtels, dans ces hangars, ces cafés, ces fondouks, ces bureaux déglingués, où tout est bancal. Y compris le regard torve du préposé, intermédiaire interchangeable, intermédiaire d'intermédiaires, à qui on a été confié par un autre et qui vous refilera à un tiers. Et comment va cette ronde ? Comment retrouver le centre de la machine, cheminant de malfrats en malfrats, de marchand d'hommes en fournisseurs de viandes humaines, et ainsi de suite, jusqu'au boss universel, Capo dei capi. Qui est-ce ? Le Docteur Mabuse, chef de toutes les mafias universelles, chinois peut-être, ou russe. Ou Dieu, Dieu lui-même, qui mènerait toute cette sarabande.

Et moi, où suis-je ? Il avait cru pouvoir fuir, s'échapper une fois de plus. Mais ne s'était-il pas au contraire précipité en ce trou de la carte, à quelques encablures près, là où on l'avait précisément mandaté pour sa mission première, celle que naïvement il croyait avoir abandonnée. Ne s'y retrouvait-il pas tout exprès pour voir ce que cachait en ces replis cette pointe d'Afrique entre Tanger et Ceuta, les deux sœurs ennemies ?

Y débusquer les relais, les caches, les circuits de cette machine à évasion. Présenter ensuite, à l'étal de ses trois colonnes, les rouages délicats ou grossiers, les ressorts avouables ou non de l'entreprise…

Ce troisième carnet est toujours là, bien ouvert en page un et vierge de tout signe et de toute souillure. Alors, qu'en est-il de cette phrase première, celle d'où coulera, une fois encore, le lait et le miel de la pensée ? Cette phrase de commencement ?

Poser bien ferme la mine et aller de l'avant, la laisser courir, en roue libre. Juste quelques mots jetés pour ne plus paraître suspect, graines aussitôt dévorées… Et puis, inattendue, venue d'on ne sait où, la rencontre, les retrouvailles avec ce que l'on croyait perdu, ce dont on ne se souvenait même plus, qu'on ne pouvait nommer. Pour l'heure, qui sera au rendez-vous, un émigré sicilien, une princesse juive ou un Kurde à la voix rugueuse ?

YACHIR

Yachir dit. Frère, d'où es-tu, toi qui me sers le café ? Le kawadji ne répond pas. Il a l'habitude de ces hommes qui débarquent dans sa baraque, encore tout humides de la mer, les mains et les visages griffés, les reins rompus. Moi, je suis de Diyarbakir, dit Yachir, et toi, frère ? Le frère répond qu'il est de Palerme. Il dit avec son accent kurde qu'il est de Palerme en Sicile. Il ne veut plus être d'autre part et surtout pas d'Erzurum ou d'Askale. Palerme, c'est bon ?, demande Yachir. Le cafetier ne répond pas. C'est bon pour le travail ?, insiste l'évadé. On ne lui répond pas. Le café est bon, meilleur même que chez lui, bien épais et on y a mis ce qu'il faut. Tu y as mis des épices ? Oui, de la cardamome et du poivre, dit le cafetier en essuyant son comptoir. Comme chez nous, dit Yachir. Oui, comme chez moi à Palerme. Il est facile de comprendre que celui-là s'est refermé comme une huître. Il n'en dira jamais davantage. Yachir prend sa tasse, prélève un beignet et un œuf dur dans le présentoir et va se couler vers le fond de la salle. Le ventilateur tourne lentement, si lentement qu'il n'envoie pas le moindre souffle d'air. Il est à le regarder, comme hypnotisé. Le vertige va l'envahir. Quelle fatigue ! Ce ventilateur, c'est juste pour les mouches, dit le client qui est venu s'asseoir à sa table.

C'est un homme assez âgé, trapu, avec une grosse moustache bien turque. Il dit qu'il s'appelle Jallal. Lui n'est pas de Palerme ni de Taormina. Il dit qu'il est d'Istanbul, mais il a l'accent d'Ankara. Qu'est-ce que ça peut lui faire au fond ? Il s'en fiche et si les gens qu'il trouve sur son chemin veulent mentir, qu'ils le fassent, c'est leur affaire. Toi, tu es de Diyarbakir, n'est-ce pas ? Tu viens de Lampedusa. Je ne te demande pas comment tu as fait pour te sortir de leurs griffes. Chacun a son secret ici. Tu ne sais pas où aller. Tu ne sais pas où dormir. On t'a volé presque tout ton argent et tu n'as comme bagage que ce que tu portes sur toi. C'est vrai, dit Yachir, ma pauvre caisse, où est-elle, à l'heure qu'il est ? Ta caisse et les valises et les paniers de tous les pauvres types qui étaient avec toi le jour où tu as embarqué ? T'inquiète pas pour ces bricoles, ce sont les frères ou les cousins des passeurs qui les récupèrent, quand ils vous embarquent à coup de bâtons. Il faut tout porter sur soi. Jamais de bagages. Moi, quand je suis parti, j'avais six vêtements et une couverture sur mon corps, tout l'un sur l'autre, comme un oignon. Quand on quitte chez soi faut penser à tout, penser toujours. Celui qui arrête de penser, ici, il est déjà mort. Qu'est-ce que tu vas faire, maintenant ? Yachir n'en sait rien. Il attend que celui-ci s'en aille pour poser sa tête sur le bois de la table et pour dormir jusqu'à ce que le cafetier le chasse. Jallal n'a pas l'air de vouloir s'en aller. Il commande deux bols de soupe de blé. La soupe est bonne et chaude avec une cuillère d'huile d'olive et du piment. Une vraie soupe de chez eux, une soupe à chasser le malheur.

Une fois la soupe bue et les corps réchauffés, Jallal dit Ecoute, je peux t'aider, frère, si tu le veux. Je le veux, dit Yachir : quand l'agneau a soif, il va à la rivière même si le loup y va aussi. Ne t'inquiète pas, ce loup-là n'est pas des plus voraces. J'ai un ami italien qui pourra te loger et, pour ce qui est du travail, c'est trouvable aussi. Jallal lui dit Suis-moi, il l'emmène au village, ils marchent, il lui dit d'attendre devant un garage. Il en ressort aussitôt avec une couverture. Voilà toujours ça : la nuit, il peut faire froid. Suis-moi, ils repartent à travers les pavées. C'est la vieille ville où sont tous les anciens palaces. Une grande porte marron est ouverte sur une cour intérieure. C'est un vieux palais, presque ruiné. Au milieu de la cour, on aperçoit une fontaine près de laquelle des enfants et des femmes attendent leur tour. D'autres enfants jouent dans la terre. A entendre les voix et les cris, ce sont surtout des étrangers. Il y a bien quelques Siciliens mais surtout des Turcs et des Yougoslaves. Un grand escalier de marbre dont les marches sont presque toutes cassées monte vers les étages. Jallal lui montre à l'entresol, une petite niche. Bien sûr frère, ce n'est pas le meilleur hôtel de Sicile, tu y seras quand même mieux que dans la rue. C'est un ancien placard. On y mettait les seaux et les balais mais ne t'inquiète pas, aujourd'hui plus personne ne songe à balayer, ça te va ?

Oui, ça me va, dit Yachir. Pour le travail, on pourrait aussi te trouver quelque chose. Il y a toujours des camions à décharger au port. Je te présente à Salvatore. C'est lui qui arrange tout. Bon, Jallal, mon ami, je sais bien que l'on ne fait rien sans rien ici. Qu'est-ce qu'il te faudra en échange de tes bienfaits ? Si l'on était au pays, frère Yachir, je te dirais que l'amour de Dieu qui veut qu'on aide son prochain serait un salaire suffisant. Mais je dois vivre et je dois aussi donner leur part à ceux qui m'emploient. Je ne suis pas un chien, la moitié de ton salaire pendant les trois premiers mois suffira et ne me dis pas que je t'étrangle. Non, frère Jallal, ce n'est pas trop et je te le donnerai. Tu me rends un beau service et je t'en remercie. J'ai rencontré des dents plus longues que les tiennes.

Pour l'instant, Yachir peut étaler sa couverture, dérouler la tenture qui lui fait office de porte et s'apprêter à dormir ses quinze heures d'affilée. Etendre convenablement ses jambes, il n'y faut pas songer, l'espace est trop petit pour cela. Ca ira quand même !

BADIS

J'en ai eu vite assez d'être traité en bête de somme, assez d'être vendu par des intermédiaires qui nous tondaient la laine sur le dos avant même qu'elle ait poussé. J'avais beau travailler, faire des heures supplémentaires jusqu'à tomber de fatigue, je me retrouvais toujours aussi nu et aussi cru que lorsque j'étais arrivé. Est-ce que c'était pour vivre de cette façon que j'avais traversé la mer, frisé la mort ? J'ai dit un jour à Julio (j'avais fait quelques progrès en espagnol), Hoy no quiero trabajar. Il m'a dit Quien no trabaja, se marcha. Ça voulait dire Dégage. J'avais pu mettre de coté quelques sous, juste de quoi survivre une petite semaine. Je suis allé vers Cadix, c'est un port. Dans les ports il y a toujours du travail pour les gens comme nous, parce qu'il faut du monde pour charger et décharger et que moins on nous paye ce travail, plus on fait de bénéfices. Le répartiteur était un frère marocain, ce n'était pas un chien et il ne me donnait pas les livraisons les plus pourries. Ce que je préférais c'était décharger les cageots d'alimentation. C'est moins lourd que les machines ou les parpaings et souvent ça se mange. Quand un chou-fleur avait pris un mauvais coup, il était pour moi, si dans une caisse on trouvait quelques boîtes cabossées on me les donnait aussi. Ça me permettait, quand je rentrais à la case où je logeais avec deux Ivoiriens, d'avoir quelque chose à partager. J'arrivais à me faire presque le double de ce que j'avais gagné en débarquant.

La vie, pour la première fois depuis mon arrivée dans ce pays, n'était pas trop moche. J'habitais dans une baraque sur un chantier en panne avec mes deux africains Namoré et Traoré. Ils étaient drôles, ces deux-là, on parlait des soirées entières, ils riaient pour un oui ou pour un non. Souvent, il y avait d'autres Ivoiriens qui venaient nous voir. Ils se mettaient à faire de la musique et ça pouvait durer jusqu'à deux heures du matin. On était dans cette banlieue de Cadix, près de la vieille route qui monte vers Séville. Le problème était que la police pouvait y faire des rafles. Si l'on se faisait prendre, on risquait d'être tabassés et reconduits à la frontière. Tant qu'on travaillait avec ces maquereaux d'intermédiaires, on était protégés. Ceux-là avaient la bénédiction des flics et jamais on ne venait contrôler quoi que ce soit. Travail clandestin, autant qu'on voudrait, mais sous protection ! Il fallait qu'on tienne notre rôle, rester à notre place, dans l'ombre. Tout le monde fermait les yeux sur cette merveille, des gens qui travaillaient comme des bêtes et qu'on pouvait se passer de payer comme des hommes.

Seul l'un d'entre nous trois, le vieux Namoré, pouvait présenter une carte de séjour acceptable. Il avait été déclaré par une entreprise de travaux publics et cette carte était encore valable. On s'était mis d'accord avec le gardien du chantier qui nous sous-louait la baraque pour être prévenus si la police se montrait. Namoré les recevait et exhibait ses documents. Pendant ce temps on filait par derrière dans l'immeuble dont la construction avait été interrompue…

J'arrivais à mettre un peu d'argent de côté. Le problème était de ne pas se le faire voler. Dans notre quartier, il y avait pas mal d'allées et venues et ce n'était pas les personnes les plus distinguées qu'on y rencontrait. Cet argent, il fallait le cacher ou le garder sur soi. Ce n'était pas toujours possible quand on allait travailler. On avait creusé un trou sous la baraque et mis chacun notre boîte en bois ou en fer blanc. Moi, c'était dans un vieux plumier trouvé dans un champ que je mettais mes sous. C'était notre banque. Pour vivre, on ne dépensait que le strict nécessaire. Il y avait ce que je pouvais trouver au port ou au marché de gros et ce que mes Ivoiriens rapportaient. Ils avaient des amis qui travaillaient dans un restaurant et qui leur donnaient les restes. De femmes on en avait pas beaucoup, et celles qu'on avait ne nous coûtaient pas une fortune. J'ai connu une petite Malienne qui venait me rencontrer la nuit dans l'immeuble en construction. On se donnait du bonheur et du courage. On ne se promettait rien et ça allait bien comme ça.

Quand la saison des importations de légumes et de fruits s'est terminée, j'ai eu moins de travail. Le répartiteur était devenu un ami. Il essayait de me trouver quelque chose, mais il y avait une sérieuse concurrence.

Il fallait se lever très tôt pour être parmi les premiers à l'embauche mais, même comme ça, il m'arrivait de chômer trois ou quatre jours par semaine. Il fallait que je prenne dans mes économies. Je n'aimais pas ça. Quand on commence à le faire, on ne s'arrête plus. Je connaissais des Espagnols qui travaillaient dans une décharge. On y était payé à la prise, tant du kilo pour les plastiques, tant pour les métaux, tant pour le verre. Ça rapportait pas mal d'argent. Les copains… On avait des amis espagnols aussi. Les copains m'ont dit Cuidado hombre. Fais gaffe, Badis ! No es una faena para ti. C'est pas un travail pour toi. Pourquoi ?, j'ai demandé. C'est une chasse gardée, ce sont les gitans qui tiennent les décharges. Ils n'aiment pas partager. Je me suis dit J'ai vu pire, dans le bâtiment aussi, chacun a ses territoires et au port c'est pas mieux, chacun veut coucher sur son os. Je connaissais la chanson… Ce qu'il fallait c'était offrir à boire en arrivant et puis, au besoin, donner la pièce au contremaître. Ce n'était d'ailleurs qu'une affaire de trois ou quatre semaines, parce que, dès la fin du mois, on allait entrer dans l'époque des vendanges et là, il y aurait du travail pour tous.

Delta

Il faut poursuivre, abandonner la scène, une fois de plus revisitée mais pour quel bénéfice ? En amont, en aval, passent nuages de brume et oublis salutaires. L'altimètre en panne et la céphalée nous interdisent de toute façon de trop stagner en ces douleurs. Un humain a été par nous dûment observé. Il était en migration et cerné de périls. Ces faits ont été, comme il se doit, colligés et transmis. Mais les images se brouillent. D'autres hommes sont soumis à de mêmes épreuves et se retrouvent en compétition. Ils l'appellent la compassion ou, à défaut, car celle-ci depuis longtemps est suspecte, une vigilante attention...

Gros plan : la main...
Si l'on regardait bien, si l'on écarquillait les yeux, voilà ce qu'une fois de plus l'on verrait. La muraille du quai battu par les vagues courtes.
Par delà, un grand quadrilatère de lumière drue. Les poteaux de ciment armé, les grilles délimitent un grand carré, d'un hectare peut-être.
Seize groupes de projecteurs éclairent la scène, comme un stade de foot, la nuit.
Derrière, s'éloignant du quai, le grand cétacé de la vedette.
En face, en fond de décor, les baraquements en préfabriqué, couverts de tôles sur lesquelles la pluie éclate comme le popcorn à la cuisson.
Si l'on plissait les yeux perçant l'espace,
la pluie, la brume et les fumées médiatiques
on verrait au travers des croisées,
de longues tables et des bancs,
on verrait des lits superposés, des châlits,
comme dans les avant-dernières pages des livres d'histoire.
Au-delà de ces baraquements, une sorte de rétrécissement ou l'on a

logé les bureaux administratifs. Une longue file de bipèdes pénètre très lentement dans ce couloir. Au préalable, ce long cortège, cette file d'hommes a longé l'un des carrés du quadrilatère limité par les grilles.

Si l'on scrutait attentivement l'obscur,
on verrait peut-être des visages, des mains, des épaules ou des jambes.
Qui sait ?
Peut-être qu'on verrait tout cela.
Si l'on tendait ses oreilles les dressant comme écoutilles
par-dessus les bruits de mer, de vent, de pluie,
par-dessus les sifflets, ou les cris ou les plaintes,
par-dessus les homélies des commentateurs patentés,
voilà ce que l'on entendrait.

Tu de donde vienes ? Como te llamas ? What's your name ? Cuanto te cobraron ? Papeles ? Origen ? Como te llamas ? Cuantas personas en el barco ? Cuantas hembras ? Y de varones, cuantos ?

La pluie est froide, l'air est porteur de vent et sel.
Les rescapés font la queue devant le petit bureau où ils rentrent l'un après l'autre.
On les y a attirés à coup de soupe chaude, de thé chaud, de couvertures chaudes
et de paroles venues du cœur.
Mais ce cœur a tellement servi et sous toutes les latitudes,
cœur bon et bourré à éclater de chrétienne charité ou islamique,
tellement mis à épreuve que même la soupe, ici, a l'odeur du mensonge.

Questions, questions. Da dove vieni ? Quanto hai pagato ?

Interprètes, langues administratives ou policières
réponses vernaculaires à demi bégayées à cause du froid.
Cela ne le concerne pas encore.
Ce qui l'intéresse en cet instant, cet homme,
c'est le grillage qu'il éprouve de la main
en griffe.
Solide, celui là.

Se couler vers le fond, vers l'obscurité caressée par les vagues.
Elles vont et viennent frappant le bord du quai.
Leur gifle est sonore, couvrant tous les bruits.
Descendre vers le poteau suivant.
Je suis noir sur noir et la brume se lève.

Peut-être par-dessous ? Du pied éprouver l'élasticité du métal. Vers l'aval, vers l'embouchure, l'estuaire des libertés. Doucement, doucement…
Ma tu, cosa fai ? Sei ancora qui ? Et pour toute traduction une grande poussée dans le dos, mais amicale, égalitaire. What's your name ? Where do you come from ?

Et des mains chargées d'universelle compassion
essuient le sang et l'eau de mer,
posent une couverture sur l'épaule.
Font-elles signes de croix ou de Kabbale ?

Sœur Bénédicte avait cette petite voix d'enfant, des mains chaudes pour les fronts blessés. Elle allait et venait dans la nuit offrant à qui voulait un petit grain de sa folie.
Tout à l'heure elle parlera et l'homme l'écoutera. Nous serons spectateurs. Tout à l'heure, oui… Mais sœur Benedicte s'efface et son protégé a perdu sa couleur. Ces images ces voix ne suffisent-elles plus ? Ont-elles encore, par delà leur volubilité, la pertinence nécessaire ? Il semble que seuls les décors et les accessoires aient gardé un soupçon de vie… Il y a comme un manque soudain, une amputation, un affaiblissement du sens.

Il faudrait s'approcher encore,
jusqu'à lire dans les yeux et entre les lignes.
Mais au contraire, malgré les efforts et les mises en danger,
on ne perçoit plus que le
déjà vu.

Rien d'autre que cette main crispée sur le grillage et l'image a même perdu de sa netteté. A qui appartient-elle ? A ce Sicilien en déroute, à cette jeune Portugaise en quête de terre promise, à ce Kurde à la voix rauque ? L'espace s'entrouvre un instant laissant voir un visage. Sur le visage de cet humain coule l'eau du ciel, lavant l'eau de la mer, et le sang venu de l'entaille au front.

Berlue et vertige au surgissement des images et des sons.
Réapparitions, retours arrière,
mise en boucle des informations qui reviennent et se saturent d'elles-
mêmes.
Ce visage déjà vu, cette plaie qui saigne et l'évocation d'un passeur
que l'on aurait tué
précédemment,
une charrette cahotant sur les sentiers du Tras-os-montes,
un homme vêtu de peaux de bêtes cheminant dans la neige.

Vagabondage hors contrôle, créant des surimpressions, des bégaiements et le sens de tout ce travail se trouvant irrémédiablement perdu. Il s'ensuit que des taches indélébiles, des nœuds maculent la trame que l'on voulait lisse. Il faudrait davantage de vigilance, user des scalpels les plus aigus et les plus performants, des optiques les plus fidèles. Mais quoi que l'on tente et quels que soient les points d'observation, lointains ou macroscopiques, les défauts persistent et s'accentuent... En fait de contrôle et de vigilance tous les indicateurs sont en panne. Le visionneur s'attarde en des scènes vues et revues. Veulent-elles convaincre qu'elles sont fondatrices d'un désordre éternel ou sont-elles le produit d'un dérèglement ? En tout cas, de ce point, il est impossible d'en juger. Ce qui est certain c'est que de nombreux paramètres ont brusquement changé. Il y a eu une brutale mise hors service des instruments mis à notre disposition... L'accumulation des redites oriente vers un défaut de feed-back. A moins que l'on ait décidé de saborder délibérément l'expérience.
Mais pour quelle raison ?
Timidité à poursuivre ?
Complicités en amont ?
Et si cette mise en panne avait été dès le début programmée ?
Que la perte brutale de toutes ses capacités ait été mise en place dès
sa conception ? Fatum ?
Gène létal quoique post mortem ?

L'épreuve est aussi marquée d'un retour du froid. Nous avait-il seulement quitté, ce frisson, ce gel ? N'étions-nous pas nés d'un tremblement initial ? Il est encore là, vivace, comme au sortir de cette ornière gelée. Nous revoici en ce pays du vent, des brumes et des glaces. S'élever, fuir, rejoindre l'ailleurs de quelques virées en prenant appui sur les vents ascendants qui nous sont miraculeusement offerts. Qui sait ? De là-haut peut-être, les instruments reprendront-ils du service et les optiques de leur acuité.

Pour le présent, tenter de s'élever
virer de bord, revenir vers l'origine,
recul en amont de temps, en amont de lieu.
Racines…

On y parvient quoique maladroitement. Loin vers le couchant, la brume s'est levée, elle masque le paysage, les deux collines rondes sont noyées de coton sale. Le soleil filtre au travers blessant de pourpre, la rive sud du détroit. C'est la fin de l'après-midi, la fin du monde aussi, peut-être. Dessiner quelques courbes de son deltaplane. Percer les amas de nuages, se rapprocher une fois encore des villages blancs et verts, de ce blanc de chaux hésitante, passé en hâte sur le pisé, et du vert fatigué des figuiers de barbarie, saupoudrés de poussière ocre.

Floue est la piste sur laquelle rampe une Peugeot remplie de caisses et
d'hommes, flou le troupeau de chèvres et son chevrier,
flous les trois palmiers et le minaret sentinelle et le dôme de la
koubba voisine.
Floue l'Afrique entière.
En amont est le sombre,
bien épais comme on l'aime, peu pénétrable et que l'on peut remplir à
sa guise de fantômes aimables ou terrifiants.
Tout ceci est bien dosé par le chef opérateur,
maître incontesté des effets spéciaux.

On peut maintenant vous laisser entrevoir, gigantesques et menaçantes, les deux grandes portes d'airain qui ferment, quand il se doit, l'entrée du septentrion. Immenses, par delà l'immensité, infinies du levant au ponant et bien opaques, malgré le manque de visibilité calculé au photon près par les cellules photoélectriques. Ce qu'on ne pourra masquer c'est le bruit qu'elles font, ces portes, quand elles tournent sur leurs gonds.

Ce qu'il faut de tambours de bronze,
de brisures de bois sec,
de trompes tibétaines et de remuement de chaînes
pour faire entendre leur fermeture !
Et il faut bien cela pour fermer la route à ce tsunami d'hommes,
ce déferlement sans fin,
cortège ininterrompu, de la faim vers la nourriture.

LEA

Lors de notre traversée, on m'a parlé de la ville qui allait nous accueillir. Il y avait à bord une famille Almodovar. Qu'étaient-ils au juste ? A moitié maures sans doute. Ils allaient, à leur aise, d'un bord à l'autre de la Méditerranée. De quelles protections jouissaient-ils ? Leur peau était très blanche et leurs manières raffinées. Là où vous allez, me disaient-ils, vous respirerez mieux, et nous de même ! Ils n'avaient pas tort. Bordeaux, où nous avons débarqué, est une ville en plein essor. Le commerce y va bon train tant avec l'Orient qu'avec le Nouveau Monde. On la dit aimable aux nôtres. Il n'y sera plus nécessaire de trop se cacher ni de taire ce que l'on croit ou ne croit pas. On judaïse ici, en secret, mais ce secret est relativement connu de tous et tacitement admis. Les puissants de la ville sont jaloux de leurs libertés et de leurs privilèges et font barrage à l'inquisition. Avant de nous quitter, nos compagnons de voyage ont glissé dans ma main un petit message écrit. Ne craignez plus rien, la terre où nous débarquerons est ouverte et tolérante. Nous n'aurons plus à cacher ce que nous sommes. Rome est loin et la Navarre est proche. Et notre Dieu commun est ici plus proche encore.
J'ai compris qu'il n'était plus nécessaire de garder mon air prude et mes vieilles nippes qui me faisaient ressembler à une duègne retirée du monde. Je me suis vêtue comme une jeune fille portant jupe de velours ciselé de Gènes, coiffe à résille, justaucorps bien serré et brodé de fils de soie. Je n'ai pas eu peur de teindre un peu mes lèvres et mes joues et de porter, sans remords ni fausse honte, les formes de mes dix-huit ans. J'ai habillé mes frères comme de petits hommes. J'ai vite compris qu'il n'y avait pas lieu de craindre, en cette bonne ville, de montrer son argent, bien au contraire. Dans cette cité qui vit du négoce et de son vin, il n'y a pas de honte à posséder. Nous nous sommes installés dans un

hôtel particulier sur la rive droite de la Garonne. Notre bon oncle, avant de disparaître, nous avait laissé quelques recommandations pour des personnes de sa connaissance mais beaucoup d'entre elles ne sont plus là, happées par la vie ou parties ailleurs. D'autres, marquées par ce qu'elles avaient vécu par-delà les Pyrénées, rompaient toutes leurs attaches anciennes et fermaient leurs portes aux nouveaux arrivants. Peut-être, craignaient-elles de se compromettre avec nous ou de devoir nous aider plus qu'elles n'auraient aimé le faire.

C'est au hasard de mes emplettes que j'ai retrouvé, sur la grande halle de Bordeaux, un vieil ami de notre oncle. Je tâchais de négocier quelques meubles pour notre nouvelle demeure. Un homme de petite taille m'a heurtée de plein fouet risquant de me faire rouler à terre. J'allais l'injurier comme il le méritait et, puis, j'ai vu qu'il ne m'avait point vue et allait le nez en l'air. Ses excuses, son empressement ont fait fondre ce qu'il me restait de colère. Voyant son embarras, je lui disais moi-même Allons, Monsieur, il n'y a point de mal à nous heurter en ces lieux où il y a tant de presse ! L'homme devait être d'importance. Plusieurs de ces personnes qui étaient autour de nous marquaient à son égard un grand respect. Il se présentait à moi et se mettait à ma disposition pour faire transporter mes achats. Son nom était Michael Aequino et je me suis soudain souvenue qu'il était de ceux dont mon oncle m'avait parlé avec beaucoup de chaleur. S'il se rappelait de lui ? Quelle question ! Manoel Alonso Barbera ! Son cher et vieil ami Manoel ! Celui à qui il devait tant de livres, de cartes et de manuscrits !

Depuis ce jour, nous sommes devenus amis malgré notre différence d'âge et de condition. J'ai appris à le connaître, il s'est vite fait notre mentor et notre protecteur. A-t-il pour moi une secrète et pudique tendresse ? Elle serait, en tout cas, égale à la mienne. Michael m'emmène partout, c'est un homme éclairé et de beaucoup d'entregent, une personne affable à la voix douce mais, si douce soit-elle, sa parole fait autorité ; il est magistrat et, parmi les notables de Bordeaux, le plus complaisant aux idées nouvelles. Ces idées m'étonnent et me déconcertent. Michael me nourrit de livres et de libelles. Moi qui viens d'un monde fermé, étroit, replié sur ses fantômes, de ce Portugal frileux, entièrement livré à un clergé obtus et féroce, moi qui ai vécu la moitié de ma vie dans les cloîtres obscurs des monastères, je découvre soudain ce que la France et l'Italie ont produit de plus clair, la liberté de penser. Certes, mes premiers maîtres et Yacinto en particulier étaient loin d'être ignares. Mais Michael ouvre mon esprit, il me libère de toutes mes lourdes et secrètes contraintes. Me voici introduite dans le monde fermé des lettrés de la ville, guidée dans le choix de mes amis. Il me fait connaître des clercs et des laïcs, des prélats et des poètes, des commerçants et des marins. Me voici dans un nouveau monde où je peux être ce que je suis, égale peut-être à ce qu'étaient mes pères par-delà les siècles. Ici, la clairvoyance, l'intelligence n'excluent pas le commerce. Echanges d'idées et échanges de marchandises vont de pair. Beaucoup de juifs sont marchands en gros, font le négoce du sel, du textile, du cacao, des cuirs, du vin avec les Pays-Bas, l'Italie, la Berbérie ou le Nouveau Monde. Il est parmi eux des artisans, des confiseurs, des orfèvres, des chirurgiens, des teneurs de livres et des médecins. Mais il est aussi des changeurs et des prêteurs. Que vais-je faire, vivre de mon bien jusqu'à l'épuisement et mendier ensuite ? Chercher un emploi pour mes frères, mais à quoi sont-ils préparés…?

Je possède de l'argent, ces belles et bonnes pièces d'or, celles que j'ai jalousement gardées, qui me viennent de mon oncle de mon père et probablement de ceux qui les ont précédés. Il me faut gagner ma vie et celle des miens. Je me ferai prêteuse. Dans cette ville de Bordeaux, dans cette Guyenne ouverte aux échanges, c'est une activité honorée et honorable. En mon hôtel, je recevrai les créanciers, négociants pour la plupart mais aussi des éleveurs et des vignerons qui ont besoin, pour un temps donné, d'une certaine somme d'argent. Me voici financière. Deux amis de Michael Aequino, Joseph Cardoso et Aaron Baruk, m'ont servi de tuteurs et de garants. Je ne suis pas la seule femme à tenir cet emploi. Un bon quart des personnes accordant des prêts sont des femmes. Ce sont en général des veuves ou des épouses qui disposent de leur dot. Je suis la seule jeune fille à exercer cette profession. Certains s'en étonnent, mais il ne leur vient pas à l'idée de trouver à redire. On est curieux de moi-même, l'étrangère, et on cherche à me rencontrer. Ne vient-on pas ici de toute l'Europe et même d'ailleurs…?

Je fais des rencontres, et parmi celles-ci, de quelques-uns de ces prétendus nouveaux chrétiens qui ont fui, avant moi, la péninsule et ses inquisiteurs. Beaucoup, tout en s'en cachant, sont retournés à leur foi première. Ils pratiquent en secret leur religion ancestrale et ont renoué des liens avec leurs congénères dispersés de par le monde, notamment ceux d'Amsterdam et de Terre Sainte. Nombreux sont ceux, plus âgés que moi, qui ont connu mes parents. L'un d'eux, Isaac Moises Cuenca, qui commerce avec les Pays-Bas me permet de nouer des liens avec la communauté juive de la ville. De cette communauté, je me se sens solidaire, mais j'ai vécu toute ma vie à l'ombre des couvents.

Je n'ai plus que des souvenirs très lointains de l'époque où, au Portugal, du temps du bon roi João II, il était encore possible de vivre sans se cacher. Michael Aequino, qui n'est probablement pas juif lui-même, m'encourage à fréquenter les miens. Mais les ombres du passé sont lentes à s'effacer. Je n'ose me prononcer. J'ai l'impression d'avoir une dette à payer, de devoir me racheter d'avoir été relapse. J'ai un peu peur aussi. De quoi ? Je ne le sais pas. Ce n'est qu'après plusieurs mois après mon arrivée que je me risque à franchir le pas. Moises Cuenca m'accompagne à un shabbat dans une maison où se tient clandestinement la esnoga : la synagogue. En guise de don de bonne venue, j'ai décidé d'offrir une certaine somme pour l'entretien des pauvres. Ce geste m'a rendu la sérénité et a effacé cette part de honte secrète qui m'habitait.

Après cela, j'ai pu organiser la Bar Mitsva de mes frères, leur communion, afin de les faire rentrer en l'âge d'homme. Cela a été l'occasion pour moi d'offrir un grand repas. Y ont été servis ces plats espagnols et portugais, trésors que les juifs ont gardés en leur mémoire. L'alose aux piments rouges, la dobrada, le massapan étaient sur les tables. De nombreux chrétiens faisaient partie des hôtes conviés à la fête. On y trouvait aussi quelques bons prélats de la ville. Ce n'étaient pas les derniers à apprécier ces douceurs. La cérémonie était secrète mais parions que le secret sera bien gardé.

CHEN

Au lever du soleil, j'ai compris que les Hommes se préparaient pour partir en grande chasse. Tout le village sauf les vieilles et les enfants ont pris le chemin des monts. J'ai suivi, plus haut dans les rochers. Resté toujours dans l'ombre et les chasseurs ne m'ont pas vu. C'était une très grande chasse et ils avaient pris les meilleures de leurs armes. L'Homme noir les avait enfumés d'herbes et frottées de sang. Les meilleurs des Hommes étaient partis devant et suivaient les traces nombreuses d'animaux. Quand le soleil était au milieu du ciel, ils avaient pris, deux fois comme la main d'animaux grands, chèvres des monts ou rennes, et beaucoup aussi d'oiseaux gris, d'oiseaux blancs et d'outardes. Tous, près du grand fleuve, se sont arrêtés. Moi, j'étais dans la colline, derrière un rocher. Je les ai vus faire leur feu et manger de grandes nourritures. Ma nourriture était petite, juste ces baies rouges, ces baies noires et même en petit nombre.

Après le repos, tous sont repartis. Ils ont trouvé un abri-ours dans une caverne. Je les ai vus faire du feu et une fumée grande et blanche avec du bois mouillé et des feuilles mouillées. Et quand la fumée est devenue très grande et qu'elle faisait tousser, l'ours est sorti. C'était un grand ours noir avec beaucoup de viande. Tous les Hommes ont lancé leurs couteaux longs, et les baguettes pointues avec leur arme de bois et de lien. Ahhh, le grand ours a été blessé. Il a levé ses pattes et criait. La peur était grande, mais les Hommes avaient mâché beaucoup d'herbe courage. Tous sont venu sur l'ours et voulaient le toucher avec leur long couteau. Mais l'ours donnait de grands coups de ses pattes et un Homme jeune a été blessé au visage et au dos. L'ours s'est mis à courir et il s'est échappé. Beaucoup d'Hommes pleuraient et frappaient leur poitrine. Les femmes ont pris l'Homme jeune et ont lavé ses blessures et y ont mis les herbes bonnes. Et elles ont fait aussi les fumées de protection, et de bonne guérison. Moi, j'ai tout vu derrière rocher, et j'ai aussi pleuré et frappé ma poitrine.

J'ai vu au loin le grand ours revenir. Le grand ours noir était blessé, il marchait mal, mais il venait avec une grande colère. Il était debout et venait avec un gros bruit plein de force mauvaise. L'ours marchait vers les Hommes et tous les Hommes faisaient le cercle et tenaient droit leurs longs couteaux mais l'ours ne les voyait pas et marchait et avançait. L'ours blessé encore une fois, deux fois, mais il marchait toujours. Il donnait des grands coups de griffes et il a blessé une femme et un Homme jeune. Sa colère était plus forte que tout le sang qu'il perdait, tout rouge sur sa peau noire. Moi, du haut de mon rocher, je pouvais voir sa gueule grand ouverte. J'ai pris une grande pierre, une lourde pierre et je l'ai lancée droit sur l'ours, droit sur la grande tête de cet animal fou. Ahhh, l'ours tombé, ses pattes ont bougé une fois et une fois et une fois encore et puis l'ours est mort. L'ours est mort et les Hommes ont fait de grands cris. Et les Hommes m'ont vu et se sont mis à chanter. Tous les Hommes sont venus vers moi, et j'avais peur. Moi j'étais un Homme véritable, et eux des Hommes non semblables. Moi j'étais sur leur territoire par delà les interdits. Mais eux venaient avec des chants aimables et ils me touchaient et riaient. Ils touchaient ma poitrine et mon dos. Ils m'ont pris sur leurs épaules et ils m'ont porté avec des chants et des rires, et les femmes ont trempé leurs doigts dans le sang de l'ours pour le mettre sur mon visage et ma poitrine. Le sang des ours donne bonne protection et force et longue vie.

Avec les Hommes et les jeunes Hommes on m'a conduit à cette place que je n'avais vue que de loin. Ils rapportaient beaucoup de gibier. Ils avaient eu une bonne chasse, de bonnes cueillettes. C'était beaucoup de nourritures et bonnes. Trois grands Effs bien remplis, avec des liens gros et solides, de grands Effs porteurs qu'ils tiraient et poussaient. Et l'ours que j'avais tué était sur des branches longues portées par quatre Hommes forts. Arrivé dans le village, l'Homme noir a fait allumer un très grand feu. La fête et les chants et les bruits aimables ont duré toute la nuit avec beaucoup de fumées et d'herbes bonnes pour l'ivresse.

Mon sommeil a été bon sans faim avec des rêves nombreux et sans peur. Cette nuit est passée et levé le matin.

Ensuite, il y a eu beaucoup de nuits et beaucoup de matins. Je restais dans un bon abri avec une nourriture bonne et une femme jeune qui cuisait pour moi, me donnait ma nourriture et me donnait le bon plaisir du corps. Je suis resté et resté et resté encore des nuits et des matins. Des lunes sont parties et des lunes sont venues à leur suite. J'ai vu le froid et la neige et le soleil doux et les herbes. Une fois, une fois encore et une autre fois. Je suis resté tout ce temps et j'ai appris tout ce que savent les Hommes non semblables. J'ai appris le savoir de faire et le savoir de nommer, comment tailler les couteaux de pierres avec de bons éclats durs et tranchants, comment cuire les pierres lourdes des rivières pour faire le métal noir et comment le battre pour faire les pointes aiguës des baguettes à lancer. J'ai appris comment courber le bois et le tendre avec un lien pour lancer ces baguettes très loin jusqu'à la faible poitrine du gibier. Ces bois courbes se nomment Arc. Nombreuses sont maintenant les choses qui sont miennes. J'ai tout ce qu'un Homme peut désirer. Des couteaux de toutes sortes, des arcs les mieux faits et des parures belles et nombreuses de dents d'ours, de métal jaune comme l'œil de l'oiseau-soleil et une autre plus belle encore de cette pierre rouge comme l'œil du feu que j'ai trouvé dans la rivière, c'est une parure bonne qui donne une protection forte. Je sais aussi faire de bonnes chausses de peaux de bêtes, au-dessous avec la peau dure de l'auroch aux grandes cornes et au-dessus des liens fins tressés de chèvres des monts. Ce sont des chausses aimables aux pieds et bonnes pour la marche.

Beaucoup de lunes sont passées. Et mon savoir et mon avoir dépassent tout ce que peut vouloir l'Homme. Mais un jour est venue sur moi la tristesse, je pleurais, je refusais les nourritures, les fumées pour ivresse me donnaient des rêves mauvais. Je pleurais la nuit et je pleurais le jour. Je voulais partir et revoir mon village des Hommes premiers et cette femme première qui était la mienne. Ce vouloir partir était si fort que je ne faisais plus rien que pleurer, et rester comme une vieille près du feu, couché sur la terre. Moi, qui était toujours aimable et bon je suis devenu méchant et plein de colère et je donnais des coups et je recevais des coups.

Le vouloir partir était très fort dans ma tête. Je l'ai dit à l'Amghar-chef. Toi, Amghar donne-moi ta bénédiction et ta protection sur mon retour. L'Amghar-chef m'a dit Reste. Toi tu es un Homme bon, toi tu es des nôtres. Tous les Hommes réunis m'ont dit de rester, que j'étais maintenant comme eux et qu'ils auraient une grande peine. J'ai répondu que j'avais un trop grand désir pour écouter la voix des Hommes. La voix des Hommes et la voix de Homme noir m'ont dit les très grands dangers et les malédictions sur la route du retour. J'ai dit Je connais mieux que tous les dangers et les malédictions au-delà des limites et des interdits des monts. Je sais la colère de ceux que l'on ne nomme pas. Mais la voix qui est au-dedans de moi l'a dit et redit, plus fort et plus clair que les voix de tous les Hommes. En moi est le désir plus grand que la peur. Et l'Amghar-chef et aussi Homme Noir m'ont donné leurs bénédictions et protections et ils ont noué à mon cou un collier de bonne route. Il est passé une nuit encore, mon sommeil a été doux avec des rêves bons, ensuite est venu le matin et je suis parti sur mon chemin.

GINO

Ma chère sœur,
Les timbres que j'ai collés sur l'enveloppe de cette lettre ont déjà dû bien t'étonner. Les as-tu seulement regardés ? Ils ne sont pas de France mais d'Amérique. Oui, votre Gino est Américain maintenant, enfin, presque. Je suis à Cincinnati. Tu vois, on dirait un nom de chez nous. Pourtant je suis bien loin de Malipensa. Je suis dans l'Ohio qui est une province des Etats-Unis.
J'ai dû quitter précipitamment Hazebrook. Comme je te l'avais écrit, la situation là-bas était devenue très mauvaise. On avait beau vouloir se tenir à distance, on était dans le bain et suspecté. Plutôt que de négocier avec nos délégués, la direction de la mine a préféré tout casser. Ce sont ses agents « de sécurité », tu dois comprendre qu'il s'agit de tueurs déguisés en policiers, qui se sont chargé de faire le ménage. On a prétexté qu'on allait fermer quelques puits qui ne rendaient plus. On nous a remercié avec de bonnes paroles. On nous a payé nos quinze jours et la moitié de nos primes et salut, va voir ailleurs ! Enfin, comme disait Pippo, écarte les épines et tu trouveras les fruits ! C'est grâce à ce mauvais coup que je me retrouve de l'autre côté de l'Atlantique.
Nous sommes partis à six de Hazebrook, des Siciliens et des Calabrais. Il y a Ciampi que tu connais et Gatti qui est de Catanzaro. L'un des Calabrais avait un cousin aux Etats-Unis qui lui a dit Viens, n'hésite pas, il y a du travail pour tous ici. On a pris le bateau à Ostende. Une vieille mule de la mer qui transportait du charbon de Belgique à Chicago. Ça roulait plus que, les jours de gros temps, dans la barque de Paolino. On y a laissé nos tripes. J'ai essayé en débarquant de trouver de l'emploi à Chicago, mais c'était très difficile. Il y a ce qu'ils appellent l'organisation qui contrôle tout. C'est une sorte de syndicat

mais rien à voir ce qu'on nomme comme ça chez nous. Ce sont des voyous. Il faut que tu en passes par eux pour avoir de l'embauche, et après ils te tiennent et tu dois verser ce qu'ils te demandent. C'est pour ça que j'ai rejoint les autres à Cincinnati. Ici, les choses sont plus claires. Pour qui a deux bras et deux mains et l'envie de s'en servir, il y a du travail. Tu te présentes devant les grilles d'une usine le lundi à sept heures du matin et tu vois écrit sur un tableau : On veut 464 travailleurs. Tu te mets à la queue. A huit heures, les portes s'ouvrent et on fait rentrer les 464 ouvriers dont ils ont besoin. A la fin de la semaine, on te paye. Ton argent est là, bien propre, dans sa petite enveloppe. Voilà ! J'ai d'abord travaillé dans un abattoir. Fallait voir ça, ma chère sœur, tu n'as pas idée du nombre de porcs que l'on pouvait tuer dans une seule journée, des milliers ! Et puis, chose qui va t'étonner, tous ces porcs se ressemblent, ils ont tous la même taille et le même poids, alors que, chez nous, il y en a des roses, des bruns, des gros et des petits. Ici non, tous égaux, et égaux aussi devant la mort, c'est comme ça l'Amérique. Non, ne vas pas t'imaginer que ça se passe ici comme au village, avec l'animal qui crie et qui tourne en rond, avec l'oncle Giuseppe qui tient la corde et les femmes qui font bouillir les bassines d'eau salée. Ces braves bêtes on les tue à la chaîne, elles arrivent dans un couloir et, au bout, on les pousse vers un entonnoir. Leur tête est prise dans cet étau et une pièce de métal frappe leur crâne. Requiescat in pace. C'est fini, un crochet les emporte vers la salle d'équarrissage. Bon, j'ai gardé cet emploi pendant six semaines. C'était facile, on m'a donné une sorte de hachette et on m'a montré comment faire. Quand un porc m'arrivait, je fendais sa carcasse en deux. Le reste n'était plus mon affaire. Les deux demi-carcasses repartaient. Au bout, il y avait les côtes, les pieds, les têtes et les saucisses prêtes à être chargées dans les camions. A Noël, on a eu quelques jours de congé, j'en ai profité pour chercher une autre place parce que, à force de rentrer et de sortir des chambres froides, j'ai attrapé un méchant rhume et des engelures. Et puis, pour dire vrai, j'en ai assez de l'odeur du sang de cochon. Bon, j'ai tout de suite trouvé autre chose dans une usine d'automobiles. J'y suis depuis deux mois. Je gagne bien ma vie et j'habite maintenant une belle chambre dans le centre de Cincinnati que je partage pour l'instant avec Ciampi. J'ai pas mal d'amis, des Italiens mais aussi des Américains. Le soir, nous allons dans un club, ça s'appelle l'YMCA. On y joue aux cartes ou au billard. Les Américains sont des gens très agréables. Quand on discute avec eux, ils vous disent à chaque phrase You're right ! Ça veut dire Tu as raison. Quand jamais l'un des nôtres pourrait nous donner raison ? Pour un oui ou un non, ils sont prêts à te contredire. Enfin, je suis tout de même content d'en connaître encore quelques-uns. Il y a des quartiers où il n'y a que ça, des Italiens. Ils viennent de tous les coins de l'Italie. Tous les accents se mélangent et on se croirait dans une gare à Palerme ou à Rome. Il faut pourtant que je te dise que beaucoup se comportent assez mal et qu'ils naviguent dans des combines pas très claires.

Cette fois-ci, j'ai bien gagné ma vie, je pourrais vous envoyer une bonne somme. Sept cents dollars. Si ça continue aussi bien, je pourrai venir vous voir. Vous ne me reconnaîtrez pas. J'ai un bon costume et un beau chapeau. Mais, rassurez-vous ! Je ne vais pas me mettre à prendre la façon de parler de beaucoup de ceux qui sont partis, en crachant sur le pays, en employant des tas de mots en américain comme s'ils n'en savaient pas la traduction…

Ma chère sœur, je t'en dirai davantage la prochaine fois.

Embrasse respectueusement notre mère et demande-lui, pour moi, sa bénédiction.

Je te serre dans mes bras fraternels.

Gino

YACHIR

Et puis, un jour, il y a eu le miracle kurde. Un homme est venu. Qui l'envoyait ? Qui lui avait donné son adresse ? Il s'est tenu derrière son rideau et il a dit Frère Yachir, je devrais frapper à ta porte mais tu n'as pas de porte. Yachir lui a dit Entre, frère, mais je te préviens tu n'auras pas où t'asseoir. L'homme s'est montré. Il était grand et fort, un peu vieux avec une grande moustache blanche, il a répondu Je vois que tu n'es pas bien au large, même les morts ont plus de place que toi. Yachir a dit Je m'en contente et si tes intentions sont bonnes, je peux même la partager avec toi, dis-moi d'abord qui tu es et qui t'envoie. L'homme a dit Mon nom est Kemal, je suis de Konya, mais mon père était kurde d'Edremit près du lac de Van et ma mère turque de Bursa. Voilà, tu sais tout de moi. Je sais aussi tout de toi, comment tu t'appelles, d'où tu viens et comment tu es arrivé jusqu'ici. Yachir a dit Bien des bouches sont ouvertes qui devraient rester fermées. Qu'est-ce que tu veux de moi ? Que du bon, mon frère, a répondu l'homme Kemal. Rien qui puisse te déplaire. Es-tu content de ta vie ? Elle pourrait être meilleure, elle pourrait être pire, a dit Yachir. Pour l'instant je m'en satisfais. Mais en quoi ma vie t'intéresse-t-elle ? Je suis sûr que je pourrais l'améliorer a prétendu Kemal, et du même coup améliorer la mienne, si tu es d'accord, bien entendu. Les affaires où personne ne perd sont rares, a répondu Yachir. Le visiteur a proposé Lève-toi frère et allons au kiosque, on parlera devant un café. Ils sont allés jusqu'au kiosque. Le vieil homme a commandé du café avec des beignets, il a offert ses cigarettes, c'était des Tekel. Ils ont bu et ils ont fumé. Le vieil homme a dit Je sais que tu espérais mieux en venant ici. Bon, ce que tu as, tu t'en contentes pour l'instant. Tu aurais pu finir au fond de l'eau, comme beaucoup des nôtres. Tu as trouvé un petit travail et tu espères mettre un peu d'argent de côté. Il y en a beaucoup qui s'en tirent moins bien, mais ça pourrait être mieux. Comment ça ?, a demandé Yachir. Voilà ce que j'ai à te proposer, a dit l'homme. Je te donne une camionnette bien aménagée pour vendre de la nourriture. Yachir est étonné, cet homme est fou, c'est sûr ! Qu'est ce que ça veut dire Tu me la donnes ? Je te la donne, tu vends pour moi et on partage les bénéfices. Qu'est ce que je vends ? Du Donner kebab, des pitas, des yaprak dolmasi, enfin tout ce que peut vendre un Turc sur les places ou sur les marchés. Tu es un poète, frère Kemal, je longe les murs pour ne pas me faire arrêter par les gendarmes. Je n'ai pas le moindre papier. J'ai peur jour et nuit qu'on ne débarque chez moi pour me prendre et me renvoyer d'où je viens. Comment veux-tu que je puisse m'installer sur un marché ou sur une place ? Ça, Yachir, ce n'est plus ton problème. Tu auras des papiers bien propres et bien respectables avec ta photo tamponnée et tous les timbres nécessaires. Je suis dans ce pays depuis vingt ans et j'y ai assez d'amis pour fournir en passeports toute la Turquie, s'il le fallait. Yachir dit que c'est bien intéressant mais qu'il faut voir. On n'est jamais trop prudent : Méfiance et yaourt aux concombres n'ont jamais fait de mal à personne ! Kemal dit Je viendrai te voir demain. Tu as le temps de réfléchir. Si on se met d'accord, tu auras ta camionnette la semaine prochaine. Et les papiers ?, demande Yachir. T'inquiète pas, répond Kemal, les papiers vont avec. Tu me donnes demain une photo de toi avec une belle chemise blanche et une cravate. Je m'occupe de tout. Je te dirai aussi où acheter la viande Hallal et où te fournir en dolmassi, en fromage blanc, en loukoum et en raki. Comment peux-tu être sûr, frère, que je ne vais pas te voler ?, demande Yachir. Qu'est-ce qui m'empêcherait de filer en Suisse ou en Autriche avec ta camionnette ? Parce que tu es un vrai Kurde, honnête et franc, dit Kemal, et puis surtout parce que tu sais bien que si tu essayais de te sauver, je te ferais mettre une balle dans la tête. Tout est clair, dit Yachir. J'ai tout compris, tu expliques bien, Kemal. Demain, je te donnerai ma réponse, mais je crois que je vais accepter…

Voilà, c'est ainsi que Yachir l'a eu son camion aménagé. Maintenant, c'est l'été. Il est sur une plage près de Rimini. Il n'est pas malheureux, il se fait pas mal d'argent. La nuit, il dort dans le corridor de sa camionnette. On ne peut pas rêver mieux, ce n'est pas immense mais, au moins, il peut y étaler ses jambes. Et puis il a tout ce qu'il faut sur place, un lavabo, une cuisinière, un frigo. Il a même un petit chien pour lui tenir compagnie. Il ne lui manque rien.

Quelquefois, la serveuse du bar Délices d'Izmir vient le retrouver à minuit. Yachir se dit que, finalement, il a réussi. Il peut envoyer un peu d'argent au pays, à sa mère qui est vieille et qui a besoin de se refaire les dents, à sa sœur qui est veuve et à son jeune frère pour qu'il ait un jour de quoi le rejoindre. Une fois par mois, il va au bureau de la Western Union et il envoie ses mandats. Ces gens sont des bandits qui volent aux pauvres en prenant un très gros pourcentage, mais, si on veut que les sous arrivent vite, on est obligé d'en passer par eux. Yachir ira un jour en Allemagne, où on gagne mieux encore sa vie et où on ne se sent pas seul. Il y a là-bas des millions de Turcs. Il rachètera à Kemal sa part. Il n'aura aucun mal à lui trouver un successeur. Ce n'est pas les Yachir qui manquent, il y a tant de Kurdes aujourd'hui qui débarquent en Sicile ! Yachir sait déjà ce que ça vaut un camion comme le sien. Son patron a même annoncé un prix. Ce vieux-là est devenu un ami. Il est riche et généreux, il possède quatre camions qui travaillent pour lui. Il lui souhaitera bonne chance et va tout droit. Yachir a aussi une petite idée. Une fois en Allemagne, il fera comme Kemal, il achètera un autre camion puis deux puis d'autres, si Dieu veut !

BADIS

Je me suis acheté une paire de gants, des gros avec du tissu en amiante et du cuir dans la paume. Je me suis fabriqué un bon crochet de fer. Avec ça, je pourrai travailler à la décharge sans risquer de me blesser. Il faudrait, pour bien faire, que je porte un masque à cause des fumées qu'il y a toujours dans ces coins-là et qui sont mauvaises pour les poumons, mais je verrai ça plus tard. Si j'arrive avec ça le premier jour, ils vont me prendre pour un faiseur de manières. En tout cas, je suis content parce qu'on m'en a dit un peu plus sur le prix des matériaux. Le plastique ne vaut pas grand chose mais le verre et surtout le métal ont pas mal augmenté. Le plomb surtout qu'on trouve dans les batteries est très bien payé, cinquante centimes du kilo et, comme on le sait, le plomb ça ne pèse pas des plumes... Je pense qu'en restant trois ou quatre semaines je vais pouvoir mettre de côté ce que je gagne en trois mois sur le port. Enfin, si Dieu veut !
De toute façon, J'irai demain à la décharge. J'ai bon espoir.

Delta

Un virage encore et l'on profite des courants ascendants. Jusqu'où pourrait-on monter ? Jusqu'à la syncope, les poumons tétanisés par le manque d'oxygène. Le plafond est bas, de grosses nuées violacées s'installent. Pour l'instant, c'est un couvercle que l'on ne franchira pas. Au-dessous, la mer dans sa grande cuvette a l'air d'être coulée dans le plomb.

Quatre mille pieds au bas mot.
On n'ira pas comme les mouettes tâter ces flots d'un coup d'aile.
Mieux vaut rester ici dans l'air supérieur,
profiter du temps mauvais et des irisations qui en découlent.
L'orage est imminent.
Le soleil joue à mimer la fin du monde.
Les nuages sont troués d'une grande tache claire qui est l'œil de Dieu.

Si ce n'était le froissement de l'air au-dessous des ailes, le silence serait total, comme en imminence d'explosion. Un tour encore et l'on se pose sur le sommet de cette sierra, pic déchiqueté d'un granit gris bleu, avec ses éboulis dévalant vers les pâturages. On n'y est pas seul, les vaches y paissent mêlées aux rochers et tout aussi immobiles. Pas l'ombre d'un berger, pas de flûte de Pan, pas de passant sur un sentier, pas même de sentier.

Un éclair à l'est, comme expulsé d'un nuage ensanglanté,
un roulement suit furtif, hésitant.
Un autre éclair plus proche,
martèlement,
puis l'orage est comme suspendu.

Une voix, soudain ! S'est-elle vraiment fait entendre, ou est-ce l'écho de l'orage ? Cette voix… Quoi d'étonnant, vu les prémisses, que résonne à nouveau cette voix rêche et rauque, la voix du vieux parleur ? Que dit-elle ? Ce n'est qu'un grondement de cailloux roulés, proche mais à peine perceptible. Où est-il ce locuteur ? Il faut scruter tout alentour, interroger la montagne et tendre l'oreille.

Comme chargée de juste colère,
la voix revient, impérieuse, véhémente.
Parmi ces roches obscures, grises, de laves brûlées,
il en est une quasi blanche.
Le noble profil est là, fiché en terre, adossé à une paroi basaltique
qui l'enchâsse.

L'énorme bloc de marbre usé et lisse est rompu de cicatrices. De vieilles lézardes sillonnent le front et les joues. C'est un bien pauvre Dieu que ce dieu-là… Et d'où tire-t-il sa puissance ? Une longue fissure oblique fend son visage depuis la chevelure bouclée jusqu'à la barbe qui se perd parmi les buissons de lentisque.
La bouche elle-même est divisée, les deux demi-paires de demi-lèvres sont en décalage l'une par rapport à l'autre.

Et ces lèvres parlent.
Au début c'est un sourd murmure indistinct,
exhortation, gémissement, plainte,
qu'en est-il ? Que marmonnent ces lèvres ?
De quels mots est porteur ce souffle ?

A dire vrai, la question aussitôt posée semble absurde, inconvenante même. Le sens s'imposant derechef. La bouche partagée énonce. Elle dicte un ordre aussitôt compris, un ordre incontestable que l'homme au deltaplane ne pourra ni discuter ni amender.

Idder, dit la voix donnant au porteur d'ailes son nom premier.
Idder, la personne que l'on nomme Alpha,
cet homme de plume qui hante nos rivages doit disparaître.
Sournoisement, benoîtement,

du fond de sa lassitude,
il a tiré assez de force pour tenter de changer l'ordre que l'on avait
instauré.

Ses petits carnets bleus étaient loin d'être inoffensifs. Il a même risqué par ses écritures de te mettre en danger. Il y a peu, un vent mauvais a failli dérégler le programme subtil qui guidait tes évolutions. Cet homme doit être détruit. C'est toi qui seras chargé de cette tâche.
Savoir si Delta blêmit, rougit ou pâlit en entendant cela n'est pas de notre compétence.
Idder reprend la voix. Alpha doit désormais être détruit.
Est-ce qu'Idder questionne ?
Est-ce qu'il s'enquiert du contenu de ces pages suspectes, de ce qui justifierait cette condamnation ? On ne le saura pas. L'homme de marbre pourtant motive sa sentence. Cet intrus s'est arrogé des pouvoirs qui font de lui une créature de désordre, il s'est permis d'usurper des privilèges qui ne peuvent être humains. Il a cru bon de ressusciter un mort, peut-être deux. Les comptes ne peuvent ainsi être faussés par ajout ou suppression d'une ou deux âmes. Il doit donc, pour que les calculs soient justes, être réduit au néant.
Tout à l'heure, lorsque j'aurai moi-même disparu dans un tourbillon de fumée, tu trouveras à tes pieds l'arme que tu devras employer, arme petite et précise. C'est la seule arme qui convienne aux faux dieux.

La montagne s'est tue,
le vent tombe,
les nuages silencieusement roulent vers l'Est…
Il y a dans l'herbe, venu de quelle préhistoire ?
Un fin couteau : un poinçon,
le manche est de corne
et la lame étroite et effilée est faite d'un éclat de silex
ou d'obsidienne.

LEA

Les temps ont passé. Grâce à Dieu, je prospère et je m'accomplis. J'ai maintenant trente ans. Suis-je vieille ? On me dit plus belle et plus aimable que jamais, mais je sais le peu de poids du mensonge et les flatteries. Je n'ai toujours pas contracté de liens, du moins durables et qui m'engagent plus que quelques mois. Mes amitiés sont plus celles de l'esprit que du corps.

Mon maître et ami Michael est toujours en ce domaine mon conseiller et mon garde-fou. Il me fait rencontrer les lettrés les plus éclairés de l'époque. Mais ce sont là pour la plupart de vieilles personnes, ou des gens d'église. Ce n'est pas dans son salon que je verrai débarquer mon prince. Ces bonnes personnes tiennent toutes correspondance avec lui et, lors de leurs visites en Guyenne, viennent séjourner en son hôtel. Je ne vois pointer d'autre amour que l'amour des lettres. Mais je ne boude pas mon plaisir à ces rencontres. C'est pour moi un grand privilège que de pouvoir me joindre à eux. Ces gens viennent d'Italie surtout, terre de grands changements où naissent des vérités nouvelles, où les visions d'un clergé frileux, replié sur ses idées anciennes, sont contrebalancées par ce qui se nomme, là-bas, Rinascimento, renaissance et floraison de la sagesse des anciens. Ils viennent aussi de Navarre, du Portugal, où se manifestent en secret certaines résistances. D'Amsterdam, cette nouvelle Espagne, où souffle l'esprit de tolérance. Du Levant aussi et principalement de Terre Sainte.

Des chrétiens et des juifs se rencontrent chez lui, tous sages en leur foi et ennemis du mensonge et des préjugés. Michael et ses hôtes parlent plusieurs langues. Je ne les entends pas toutes mais le langage du cœur et des consciences peut aussi se passer de mots. Dans la ville et au-delà, je crois être aimée et respectée, du moins par ceux aimables et respectables qui n'ont pas vocation à la haine d'autrui. Mes frères João et Miguel m'aident maintenant à tenir mon emploi. Le prêt d'argent n'est plus mon unique activité. De mes contacts avec les négociants de la ville, les armateurs du port, les vignerons des alentours, j'ai pu tirer de bons enseignements. Je me suis associée, à maintes reprises, à de plus puissants que moi pour armer des navires qui font route vers le Levant. Je dispose sur les quais de la Garonne de solides et bons entrepôts dans lesquels sommeille le blé de Barbarie. J'ai acquis deux tenures de quelques acres, de bons vignobles sur ces coteaux du Bordelais qui font ce vin si prisé des Anglais.

Cette réussite, après les années de peur, de honte et d'obscurité, me donne enfin de grandes joies. Je ne suis pas une personne triste. Je suis le plus souvent d'un naturel allègre. J'ai l'impression, peut-être est-elle fausse et présomptueuse, de pouvoir effacer chez ceux qui me rencontrent les mauvaises pensées qu'ils pourraient avoir. Ma gaieté sans que je le veuille vraiment est une arme dans le métier qui est le mien. Je donne confiance à ceux qui ont commerce avec moi. Est-ce là le moteur de mon succès ?

Si je veux être honnête avec moi-même, je dois convenir que, malgré cette prospérité, cette belle revanche sur ceux qui nous ont plongés dans les humiliations des années noires, malgré les plaisirs de l'esprit, ma joie n'est que superficielle. Je vois naître en moi, bien que je fasse tout pour le déguiser, une certaine amertume. Je ne me sens pas libre. Des chaînes me lient à un passé que je n'ai fait que noyer dans les cendres de l'oubli, dans les vapeurs du bon vin, dans le commerce de l'esprit. Ce ne sont là que pis aller, piètres remèdes. Je sens en moi un vide, un manque que rien ici ne pourrait combler. Bien sûr, j'ai toutes mes aises et personne ne s'aviserait de me faire reproche de mes origines. Le temps de la trahison n'est plus. Je ne crains plus d'être dénoncée comme marrane judaïsant dans l'ombre. Et quand bien même le serais-je, il n'est point, en cette terre, de bras armé chargé de rendre justice. De temps à autre, le pouvoir royal, si lointain, si peu apte à se faire entendre, tempête par la voix de quelque évêque, exige que l'on soit plus sévère avec ces nouveaux chrétiens venus du Portugal. Il suffit alors de lever un tribut. Cette contribution à la couronne rétablit, pour quelques années, les privilèges.

Mais si la liberté est grande en cette France du Sud, elle n'est pas, à mes yeux, totale, comme il me semble qu'elle devrait être. On ne côtoie pas impunément les clartés et la sagesse. Les discours entendus chez Michael Aequino m'ont ouvert les yeux plus qu'il n'est toléré en cette matière. Ma conscience exige que je ne cache rien, que je puisse manifester mes états et mes convictions au grand jour. Cela, tout de même, ne pourrait se concevoir. Je ne suis pourtant ni une croyante portée à l'extase, ni une pratiquante assidue. D'ailleurs, ayant vécu si longtemps en celant mes origines, ayant si peu connu mon père et mes oncles, d'où aurais-je tenu les éléments d'une pratique rigoureuse ? Non, je ne suis qu'une juive bien tiède et qui plus est ma foi vacillante est tempérée de ces idées grecques dont Michael est le fervent défenseur. J'ai mis du temps à le comprendre.

C'est de dignité, d'estime de moi-même dont je me sens privée. Il ne me suffit plus de jeûner un jour par an et de cuire, pour la Pâque, quelques galettes de pain non levé pour me sentir quitte de toute obligation. Pour moi, qui sais ce que sont les dettes et les créances, c'est d'une dette envers moi dont je crois être débitrice.

Des sages venus de Terre Sainte, de Jérusalem, ont enflammé mon cœur. Je sens que c'est là-bas que je dois maintenant me rendre. Ces hommes, ces rabbins avec leurs lévites et leurs barbes ne sont pas porteurs de mes propres convictions. Leur foi est bien trop austère et le fait qu'ils baissent les yeux quand ils sont en ma présence, qu'ils marmonnent des prières pour écarter d'eux le diable qui est en toute femme, n'est pas pour me charmer, mais je les sais garants d'une part de ma conscience et de ma chair. C'est pourquoi, je leur fais chaque fois de nombreux dons, offrant pour le culte, pour l'enseignement et pour la copie de textes sacrés. Je sais par eux qu'une vieille communauté est installée à Safed, en Galilée, et qu'elle rayonne de toute la notoriété de ses penseurs. Isaac Luria maître kabbaliste y a vécu et ses disciples y sont encore nombreux. Je suis maintenant décidée à rejoindre le petit nombre de juifs, partis de tous les points de la terre, qui depuis quelques années sont venus s'y réfugier. Ils y ont retrouvé ceux qui n'en étaient jamais partis, ceux qui, après la destruction du temple, ne s'étaient pas dispersés à travers le monde, petit noyau survivant à l'ombre des Romains, des Egyptiens ou des Turcs.

Avant de quitter cette Guyenne qui m'a été si douce, je règlerai ma succession. Je laisserai à mes frères les comptoirs et les entrepôts de Bordeaux. Je vais armer trois navires de haut bord. L'un sera pour moi et chargé des marchandises que je pense bonnes pour le commerce de l'Orient. Les autres seront confiés à mes deux frères. Miguel restera en France. João partira pour Amsterdam.

Un matin de printemps, je me le suis juré, je romprai les amarres, filant vers cette Terre Sainte que je sais, malgré la tiédeur de ma foi, m'être promise.

BADIS

– Alors, vous n'avez rien entendu ? Vous n'avez rien vu ?

– Rien, parole d'honneur rien.

– Ce n'est pas possible. Il y a toujours quinze à vingt personnes de votre village à travailler sur la décharge. Ramon est toujours là, on le sait et Madalena aussi.

– Ils n'étaient pas venus, ce jour-là.

– Des gens les ont vus.

– Ils se sont trompés. Personne du village n'était ici, hier.

– Toi, tu y étais.

– J'y étais, mais je n'ai rien vu. De toute façon la décharge est grande et il y a de la fumée.

– C'est impossible que tu n'aies pas entendu ses cris.

– Il y a toujours du bruit. La route est tout près, les voitures, la circulation...

– Il a dû crier longtemps et courir pour se sauver. Vous ne pouvez pas nier. On voit bien qu'il y a des traces.

– On n'a rien vu, la fumée était trop épaisse.

– Là, aujourd'hui, il y a de la fumée aussi... et regarde, on voit tout ce qu'on veut voir. Si un homme vient de la route, il ne peut pas ne pas être vu. S'il pénètre dans la décharge, il faut être aveugle pour ne pas le voir. Alors, vous le connaissiez, cet homme ?

– Qui ?

– Ce Marocain.

– Il était Marocain ?

– Marocain ou Algérien ou de Tunisie. En tout cas, il était de là-bas. Il vivait dans la baraque près du chantier abandonné. Vous le connaissiez ?

– On ne voit jamais personne.

125

– Surtout si on ne veut pas voir.

– Sur la sainte Vierge.

– Qui a travaillé, hier ?

– Personne de chez nous. La vieille Tcharaïna est morte, et on la pleurait. C'était notre deuil et personne ne serait venu travailler.

– Votre vieille est déjà morte deux fois, ne nous racontez pas des salades. Marcos Magar, El Khaïbo, Caliste, Miguel Baratas étaient ici, ils ont travaillé, ils ont été vus par les gardes qu'on a interrogés. Ils ont livré leur marchandise au transporteur. Ils ont touché leur argent et ils sont allés le boire chez Spazzia. Vous ne pouvez pas dire n'importe quoi. Alors, comment ça s'est passé ?

– Quoi ?

– Ce meurtre, bande de chiens maudits !

– Vous n'avez pas le droit de nous insulter. Ça a dû être un accident. C'est un endroit dangereux ici, pour ceux qui ne connaissent pas la décharge. Il y a toujours de gros tas qui s'effondrent. Votre Marocain, s'il est venu traîner par ici, ça a pu lui arriver, il a peut-être été enseveli.

– Oui, vous l'auriez enseveli, si ses copains n'étaient pas venus voir ce qu'il devenait. La vérité est que vous croyez que cette décharge est la vôtre, que ce travail ne doit revenir qu'à vos hommes et que vous êtes prêts à tuer ceux qui s'en approchent. Voilà la vérité.

– C'est des mensonges sur notre compte. Les gens d'ici nous détestent. On raconte n'importe quoi. On est toujours les gens du Diable.

– Ce n'est pas le Diable qui était là hier, c'est vous, ceux du village de Pilar del Mono, une douzaine d'entre vous seulement. Alors parlez ! Si vous ne parlez pas, c'est toutes vos familles qui seront embarquées. Alors, qui a jeté la première pierre ?

– Quelle pierre ?

– Cet homme a reçu plus de cinquante pierres. Son corps était couvert de plaies, ses os brisés. Il n'a pas dû s'échapper tout de suite, il a peut-être espéré que vous lui laisseriez la vie sauve, il a sans doute tenté de vous convaincre. Et puis, quand il vous a vu ramasser les premiers cailloux, il a dû se mettre à courir pour vous échapper. Ça ne s'est sûrement pas passé en deux minutes. Il s'est probablement mis à crier. Ça vous a dû vous énerver. Vous l'avez alors encerclé, pour le rabattre au fond de la décharge. Et là, vous avez jeté, chacun son tour, sa grosse pierre. Oui, chacun d'entre vous. Pour qu'il n'y ait pas qu'un seul responsable de ce meurtre, pour que vous soyez tous dans le même bain. Et ça, c'est Marco Magar qui a dû vous le souffler. Est-ce que je me trompe ?

– Vous ne pouvez rien prouver.

– On le prouvera, mais de toute manière, l'un de vous a déjà avoué.

– C'est faux.

– Qui a mis le feu ?

– Quel feu ?

– Quand vous avez vu qu'il était mort, vous avez essayé de mettre le feu à la décharge. Mais le feu, pour une fois, n'a pas voulu prendre et vous étiez vous-mêmes trop pressés pour insister. Vous vous êtes sauvés. Cet homme était venu pour gagner sa vie et en vous trouvant c'est la mort qu'il a rencontrée. Il s'appelait Badis, il avait vingt ans.

Alpha

QUATRE SEPTEMBRE, AU CRÉPUSCULE

Fuite, échappée le long des plages. Se désengluer, s'il en est encore temps. Deux mois déjà qu'il s'est jeté dans cette souricière. Fnideq. Le plus clair de ses sombres journées, chez ce cafetier borgne, Majgueni, entre le granito et la table bleue. Et pour y faire quoi ? Y poursuivre quels fantômes ? Mais n'est-ce pas eux qui le poursuivent ? Vanité de la tâche, et si épuisante, car les fantômes se sont multipliés, les ressuscités croisant les vivants et les vivants étant à l'agonie. Couche le soir dans une pièce lugubre sans fenêtre que le cafetier lui loue. Quelle vie ! Suspect à tout le monde, posant des questions incongrues. Variant ses déambulations furtives au hasard des terrains vagues, jetant ses regards là où jamais un Européen n'aurait l'idée de le faire, traînant la nuit le nez en l'air le long des routes, se commettant avec les personnages les plus douteux de la ville, les prostituées, les fumeurs de kif, les buveurs d'alcool à brûler… Restant ensuite de longues heures en face de petits carnets bleus qu'il remplit jour après jour d'une écriture serrée et irrégulière. Insensible aux allées et venues, aux bruits, à la fumée. Coincé dans son trou, négligeant l'heure des repas, l'heure du coucher, se négligeant lui-même, son beau costume maintenant étoilé de taches et de brûlures de cigarettes, n'ayant de soin que pour ce petit crayon qu'il taille chaque soir avec application…
Fuite, si l'on peut ! La plage est déserte. En cette saison, les touristes n'y viennent pas et le vent à chassé les errants solitaires. Seule une chienne en chaleur et ses prétendants sont assez fous pour partager ce rivage. Ceux-là s'en vont, langues pendantes, patients et obstinés. La plage est à nous. On peut enfin s'y retrouver. Y convier toutes ces personnes amies

qui, depuis deux mois, sont nos vrais interlocuteurs, nos uniques comparses. Pas de risque d'être dérangés. Marcher avec eux est une fête. Le temps est suspendu, les bâtiments sont en rade, les hôtels fermés. Pour quelques semaines encore leurs fenêtres ne s'ouvriront pas. Les barques sont retournées : la mer est trop mauvaise pour que les pêcheurs tentent une sortie. S'adosser à l'une de ces embarcations, sentir contre ses reins le bois encore chaud. Convoquer l'une ou l'autre de ces créatures. Léa, Yachir, Chen ou l'autre... voilà que l'on oublie son nom. Il n'est pas temps de leur réclamer quoi que ce soit. Elles n'ont rien à donner. On peut soi-même s'attendrir, avoir pour le préféré du moment une bouffée de tendresse. Ne rien attendre en échange. D'ailleurs ces êtres vous marchandent leur présence même, voici qu'ils s'effacent tour à tour, alors qu'on croyait bien les tenir. Voici qu'en contrebas de la halle au poisson, ils disparaissent dans l'ombre. Inutile de les convoquer. Lorsqu'ils réapparaîtront ce sera par bribes, amoindris, incomplets et désespérément non-viables.

Par delà une barque éventrée nous vient une odeur insupportable. On aperçoit un écoulement noirâtre comme une flaque de bitume. Quelle bête tirée des abysses et refusée par les pêcheurs fermente ici ? Quelle épave goudronnée, roulée par la mer s'est-elle échouée ? S'en retourner, virer de bord. Plus loin, trois silhouettes s'activent là-bas, près du chantier en panne. Qu'ont-ils à faire en ces lieux et à cette heure ? Ils se baissent à tour de rôle comme s'ils creusaient le sable. On ne comprend rien à leur manège. Une femme ou un enfant peut-être vient vers eux, traînant quoi ? Un drap, une voile, mais le tissu en serait noir et brillant ; de quels échanges, de quels commerces sont-ils comparses ? M'ont-ils vu ces fantômes ? En tout cas, ils s'éclipsent, fondent. Que nous importent ces mystères trouant, sans nul profit, la trame ? La lune est derrière les nuages, hésitante et molle, c'est une vieille lune de septembre en fin de course.

Le rivage est de nouveau désert. Les chiens ont disparu ou font leur affaire en bout de plage, derrière les containers. La mer, qui est montée et redescendue, a effacé toute trace de pas. Une silhouette est apparue, sortant de la brume, c'est un homme qui marche maintenant vers lui. Il ne l'avait pas vu venir. L'approche est lente, étrangement. Les pas sont souples et comme suspendus. Autant que l'on puisse en juger, c'est un individu jeune, grand, d'une carrure puissante ; ses épaules sont larges et son cou est fort. Il est tête nue et ses cheveux noirs, assez longs et bouclés, sont rabattus par le vent. Il marche lentement le visage baissé vers le sable. Un sourire flotte sur ses lèvres minces. Quand il passe près de lui, il lève un instant les yeux. Ils sont noirs aussi et brillants, fixes, paraissant faits de porcelaine. Est-ce la berlue qui revient ? Il y a comme un arrêt, comme une infime et troublante suspension du temps, du geste. Le regard est insistant, de défi et de menace, chargé d'ironie aussi, mais comme tempérée de honte ; de quelle faim est-il chargé ? On aimerait refuser l'assaut, baisser soi-même les yeux, mais a-t-on le choix ? Ne chercher de secours qu'en soi-même… ! L'homme baisse enfin la garde. On peut s'en aller. On tourne soi-même casaque et l'on revient une fois de plus sur ses pas.

Qui était-il donc ce passant solitaire ? De quoi était-il porteur ? Ou messager ? Alpha n'ose se retourner, mais longtemps, entre ses deux épaules, au creux de sa nuque, à deux doigts en dessous de son occiput, il sentira la flèche que, ces yeux, sans nul doute, lui auront décochée.

CHEN

Je suis parti au premier matin. Ma charge était lourde. J'emportais ce que je pouvais prendre, armes et nourritures. Le soleil était doux, et je portais de bonnes peaux sur mon corps et de bonnes chausses pour mes pieds. Je marchais vite, je voulais arriver. Un long chemin jusqu'à mon village. Mais ma joie était grande et je riais et je marchais. La femme qui avait été mienne dans les terres des Hommes non semblables avait eu un grand désir et un grand vouloir de me suivre en portant une partie de notre bien. Mais l'Homme noir dit avec force l'Interdit et les limites qui sont celles des gens de ce lieu. Ma femme devait rester en son village dans cette terre qui était la sienne. Cette femme pleurait et criait et frappait sa poitrine. Moi, je lui ai donné beaucoup de beaux ornements et elle aussi m'a donné, en échange, les protections pour la bonne route et mon retour prochain.

Je marchais à pas longs et rapides. J'ai trouvé les premiers monts, le chemin était facile. J'ai dépassé le col premier et commencé à descendre. La pluie est venue, fine, et j'ai continué ma route. Quand la pluie s'est faite plus grosse et dure, j'ai cherché un abri. J'ai trouvé une caverne petite et bonne dans un rocher. La pluie a cessé. Je suis vite reparti.

Mon désir était grand de voir les Hommes véritables et montrer toutes ces choses qui étaient miennes. Je revoyais dans ma tête cette femme première et je riais avec force et grande joie. J'ai marché encore quand la nuit est venue. La marche était difficile. J'ai trouvé un abri dans un arbre. Le froid est tombé sur mon corps. Ma nuit est passée avec un sommeil mauvais et le matin est arrivé. Je me suis levé avec la fatigue et les douleurs dans les jambes et le dos et les épaules. Le soleil était petit et blanc. J'ai pris ma nourriture et ma fatigue est partie. J'avais de bons vêtements et chauds. J'ai trouvé des chèvres des monts et je me suis mis à courir avec elles, à rire et à courir. J'étais moi plus vite que les chèvres. J'étais maintenant un Homme fort et un Homme vite. J'ai commencé une longue montée vers le grand col. J'ai trouvé les neiges premières, les arbres noirs et les animaux des monts. Ma route était droite. Le col des monts était proche. Je marchais à pas longs et lents pour garder mon bon souffle. Le vent était sur le col. Le vent emportait une neige fine, une neige neuve. J'ai mâché un peu d'herbes rouges, ce sont des herbes de courage et grande force. La montée était longue et lente dans neige et la marche difficile. J'avais de bons vêtements, et de bonnes chausses. Mais la neige devenait profonde, mes pieds s'y enfonçaient et la fatigue me prenait tout le corps. Je me suis arrêté. J'ai vu que le soleil était bon et haut et que le col était proche. J'ai repris ma marche. Le col était ici-même, à quelques pas maintenant derrière un petit rocher…

Ahhh, j'ai roulé sans savoir comment. Je suis tombé. La douleur était forte dans mon dos et dans ma tête. Je suis tombé. Le ciel est au-dessus de moi maintenant. Un grand morceau de ciel et de neige. Autour de moi la neige est haute. Le morceau ciel que je vois est très haut. Neige, neige, neige tout autour et moi dedans. Je suis tombé dans une crevasse, un grand trou dans la neige et la glace près du col du mont. Je suis tombé. La neige est dure devant, derrière, autour de moi. La neige est molle et neuve dans le fond. Je me mets debout dans ce trou. Sortir, monter, mais comment ? Ce mur de neige est très haut, haut comme moi et moi encore au-dessus. Comment monter ? La peur et les tremblements m'ont pris. Crier, j'ai crié vers le ciel vide. J'ai attendu le calme dans ma tête et dans mon corps. J'ai pris un peu de nourriture et mâché quelques herbes rouges pour retrouver mon courage et mon vouloir. J'ai dit Je suis un Homme véritable. Je vais monter et sortir.

J'ai pris de la neige, je l'ai portée près du côté que j'ai vu le plus bas, je l'ai posée et tassée. J'en ai pris encore et encore. Avec de la neige sur de la neige, j'allais faire un petit mont et je pourrais monter. Mais mon tas de neige était tout petit et le trou très haut encore. La neige devenait difficile, c'était de la neige dure et ancienne que je trouvais sous la neige molle. Alors, je me suis dit, il faut que je grimpe sur ce mur comme sur un rocher. Avec mon couteau court, j'ai frappé la neige dure, un trou pour un pied, un trou pour une main, un trou encore pour les pieds, et un pour main. J'ai enfoncé mon long couteau au-dessus de ma tête. J'ai tiré très fort et j'ai mis un pied dans le premier trou. Je suis tombé. J'ai essayé de nouveau de mettre neige sur neige, mais la fatigue grandissait dans moi et ce que j'avais fait était un tout petit tas, alors que la neige tout autour était haute.

La nuit venait et la fatigue brouillait mes yeux. Avec mon long couteau j'ai fait un trou dans neige, assez grand pour être un abri. J'ai mis des morceaux neige devant et au-dessus, c'était comme une caverne petite. Une caverne pour un peu de chaleur. J'ai battu mes pierres de feu, pour un petit feu de mousses sèches, ce petit feu tenait juste sur mes couteaux couchés. J'ai fait un peu de fumée pour mes herbes d'ivresse et de protection. Le feu s'est éteint. Moi, j'étais petit, dans un abri petit, et mon menton touchait mes genoux. Heureusement j'avais mon bon vêtement de peau d'ours. Je sentais moins le froid, mais la fatigue ne lâchait pas mon corps. J'ai eu une nuit de petit sommeil avec des rêves bons et d'autres mauvais. Le matin est venu tout blanc. Je me suis levé. Le dos et les épaules me faisaient mal, mais quand j'ai bougé mes membres et que j'ai pris un peu de nourriture, je me suis senti plus fort.

Au-dessus de mon trou, passaient des nuages gros et blanc. Le soleil était petit et très loin. Je me suis remis à prendre de la neige et à la porter sur le tas. Mais le temps passait et le petit mont que je voulais construire était toujours aussi petit et le trou du ciel était plus haut encore comme si le vent du matin avait poussé de la neige autour de ma fosse. Je voyais que j'étais un Homme petit et seul. Si j'étais plus nombreux, sortir était facile. Oui, je voyais ça, je le voyais avec des larmes dans mes yeux : à deux hommes ou seulement avec cette femme qui voulait me suivre, monter, tirer et sortir était facile. J'ai de nouveau essayé de creuser des trous dans les murs pour les pieds et les mains. J'ai pu monter la hauteur de mon corps et le bord n'était plus très loin, deux fois comme mon bras peut-être. J'ai bien enfoncé mon long couteau et j'ai tiré. Le bois du couteau a cassé. Je suis tombé encore. Les tremblements, le froid et la peur m'ont pris. Mes mains étaient blessées, mains noires de froid et de brûlures de neige. Il faut attendre et bouger, frotter pour une petite guérison mains. Mes mains deviennent un peu plus rouges, mais la douleur est plus forte. Il y a de gros nuages au-dessus de moi et je ne vois plus le soleil.

Que faire maintenant ? Je suis monté sur le petit mont qui est haut maintenant comme ma poitrine. Alors j'ai pensé à une bonne sortie. J'ai pris mon arc et je l'ai bien enfoncé dans la neige au-dessus de ma tête. Je voulais tirer mon corps et poser ma poitrine puis un genou sur cet arc. Mais le bois a cassé et je suis tombé. L'arc est bon pour la chasse, son bois est bon et fort. Il est fort pour tirer à la chasse. Mais trop faible pour porter mon corps. J'ai essayé une fois encore avec l'autre bout de mon arc bien enfoncé dans la neige et renforcé par un morceau de bois du long couteau. Je voyais que c'était bien solide. J'ai tiré, j'ai posé ma poitrine mais l'arc a encore cassé quand j'ai posé mon genou.

Alors, j'ai compris qu'il n'y avait plus rien, qu'il fallait juste m'asseoir sur le petit mont et regarder ciel. J'ai pris un peu de nourriture, c'était mes dernières nourritures. J'ai mâché mes herbes d'ivresse, toutes mes herbes dernières. Attendre. Le ciel était noir ou je le voyais noir, c'était un trou noir dans la neige blanche. Et la neig,e maintenant, tombait et tombait, elle tombait doucement avec de gros flocons sans poids. J'ai senti une très grande fatigue et je me suis couché. La neige tombait toujours et elle allait me recouvrir. Je ne verrais plus les Hommes et les Hommes ne me verraient plus jamais. Jusqu'à quand ? Le ciel est noir, la neige blanche et la fatigue m'écrase. Mes yeux ne voient plus. Tout est noir maintenant.

Alpha

A L'AUBE, LE CINQ SEPTEMBRE

Cinq heures, aube grise, encore incertaine, avec des lividités rose violacé par delà les hangars effondrés. La mer est de silence, tant les vagues sont lentes et courtes en l'absence de vent. Marée basse, sable indemne de scories, souillures ou bois de flottaison. Les mouettes nichent dans les poutrelles des bâtiments à l'abandon. On ne les voit pas encore, seuls leurs cris témoignent de leur éternité. Pas la moindre barque : on attend le reflux. Quelques ventres argentés en profitent narguant le ciel de brusques paraboles. Là-bas, se devine un grand navire de pêche, coréen ou russe, prédateur nocturne. Il doit se tenir très loin, à la limite des possibilités d'intervention des garde-côtes.

Aube grise, ciel délavé, sable froid... et là, en limite de marée montante, un corps d'homme est allongé. Il gît sur le sable, face contre terre. Le dos semble exagérément courbé et les jambes ne sont pas dans le même axe que le corps, comme si l'individu s'était effondré en deux temps, tombant d'abord puis subissant la violence d'un dernier spasme. Les traits du cadavre évoquent à première vue ceux d'un individu de sexe masculin, de soixante ans environ et de type européen. Cet homme porte un costume sombre. Le vêtement en question n'a pas été exagérément mouillé, la marée n'étant pas montée jusqu'à cette limite. On note au poignet gauche une montre de marque suisse et, à l'annulaire de la main droite, une bague semblant être de prix.

Les joues, le cou et une partie de l'épaule droite sont découverts. Il existe sur ces surfaces mises à nu de rares piqûres d'oiseaux dues sans doute à des rapaces nocturnes. A part ces quelques traces, il convient de noter qu'il n'a été découvert ni tache de sang ni blessure apparente. On ne retrouve pas sur le sable de signes de lutte. Il existe le long de la berge un certain nombre de traces de pas. On peut affirmer avec certitude que certaines appartiennent à la personne dont on a découvert la dépouille. D'autres sont plus incertaines, il n'est pas interdit de croire que notre homme ait pu être croisé ou abordé par une personne dont on découvre les traces de pas autour du lieu. Mais cela ne peut-être avancé avec certitude, tant ces marques sont complexes et difficile à lire. Fait remarquable, mais auquel il n'est trouvé aucune explication, des raies parallèles sont retrouvées le long de cette grève, de part et d'autre du cheminement de la personne décédée. Ces lignes sont faites de plusieurs stries, elles sont discontinues comme si de longues mais légères charges avaient traîné ou avaient été traînées sur le sable, y laissant leurs empreintes. Ces traces inexpliquées — analogues à celles que laisserait un empennage — proviennent d'au-delà des premières constructions, ou de plus loin encore. Elles disparaissent inexplicablement ensuite. Il est à noter qu'à proximité du corps, sur le sable, cinq petits carnets à couvertures bleues ont été découverts. Ces carnets sont remplis d'une écriture serrée et irrégulière difficile à déchiffrer.

Il faut également signaler, pour la bonne forme, l'observation suivante. Le cadavre de cet homme porte une petite marque sanglante, au niveau de la nuque, entre la troisième et quatrième vertèbre cervicale. Cette tache est minuscule (de l'ordre d'un millimètre cinq).

Une découverte ultérieure a révélé la présence sur le sable, à trois mètres environ de la dépouille, d'un objet dont la nature n'a pu être expliquée. Il s'agit, à première vue, d'un éclat de silex ou d'obsidienne recouvert dans son premier tiers d'une bande de cuir. Cet objet, bien qu'en état de bonne conservation, semble très ancien. Rien ne semble expliquer sa présence sur cette plage.

Du Capitaine Hassane Kairouani sont signés les commentaires ci-joints :

Nous avons pu aisément reconnaître en cette dépouille une personne déjà connue de nos services et qui résidait au village de Fnideq. Ce Monsieur, dont la présence nous avait été signalée par nos agents depuis le 17 septembre, vivait dans un garni qui lui était loué par l'un de nos informateurs, le cafetier Majgueni. Il est à signaler que cet homme passait également une grande partie de sa journée attablé chez ce cafetier. Il ne semblait avoir aucune activité répréhensible, sinon qu'il vivait manifestement très au-dessous de la condition habituelle des touristes européens et qu'il rencontrait souvent des personnes (alcooliques, fumeurs de chanvre) avec lesquels les Européens n'ont pas coutume de frayer. Ses documents attestent la véracité de ce qu'il avait déclaré, lors d'un contrôle le 22 septembre en nos bureaux, à savoir qu'il était journaliste attaché à un quotidien français connu. Il faut insister sur le fait qu'il n'a été découvert ni tache de sang ni blessure apparente. Ce qui incite à penser à une mort naturelle, crise cardiaque, ou hémorragie cérébrale, (ce que devrait éventuellement corroborer une éventuelle autopsie que pour notre part nous déconseillons fortement).
Nota. La lecture des cinq petits carnets bleus, découverts près du corps, ne semble en tout cas ne rien révéler d'important sur le cas. Il s'agit de notations diverses, n'ayant aucun rapport entre elles, et aucun rapport avec la situation dans notre région.

Le 18 septembre
Cap Hassane Kairouani

Sommaire